DORA MAAR ET LE MINOTAURE

Titre original : *Dora i Minotaur: Moj život s Picassom*

Traduit du croate par Chloé Billon

Ce livre a été publié avec le soutien financier du ministère de la Culture de la République de Croatie.

Édition française publiée par :

10, place des Cinq-Martyrs-du-Lycée-Buffon
75015 Paris - France
www.editionscharleston.fr

ISBN : 978-2-36812-531-1

Maquette : Patrick Leleux PAO

Charleston s'engage pour une fabrication éco-responsable ! Amoureux des livres, nous sommes soucieux de l'impact de notre passion et choisissons nos imprimeurs avec la plus grande attention pour que nos ouvrages soient imprimés sur du papier issu de forêts gérées durablement.

Pour suivre notre actualité, rejoignez-nous sur Facebook (Éditions.Charleston), sur Twitter (@LillyCharleston) et sur Instagram (@LillyCharleston) !

Slavenka Drakulić

DORA MAAR ET LE MINOTAURE

MES ANNÉES NOIRES AVEC PICASSO

Roman

Traduit du croate par Chloé Billon

LES INDOMPTÉES
CHARLESTON

L'art est un mensonge qui nous aide à comprendre la vérité.

Pablo Picasso.

PRÉFACE

PHOTOGRAPHE CÉLÈBRE ET PEINTRE SURRÉALISTE, Dora Maar, ou Henriette Theodora Markovitch de son vrai nom, mourut le 16 juillet 1997 à Paris, à l'âge de quatre-vingt-dix ans. Dans son appartement de la rue de Savoie, parmi de nombreux documents écrits en français, on retrouva un mystérieux cahier rédigé en croate. Cette langue, que Dora parlait couramment, était celle de son père, Joseph Markovitch[1]. Elle ne l'employait que pour converser avec lui ; avec sa mère, Marie Julie Voisin[2], elle échangeait en français, la langue du quotidien. Il est très probable que ces notes en croate lui aient été particulièrement précieuses, car elle associait cette langue à la sphère intime, au monde des sentiments, incarnés pour elle par le père.

1. Josip Marković, Sisak, 1874-Paris, 1973.

2. Marie Julie Voisin, Cognac, 1877-Paris, 1942.

Dora Maar fut aussi célèbre pour avoir été la muse de Pablo Picasso[3]. Sans surprise, la thématique centrale de ses notes est sa rencontre avec Picasso : la relation volcanique entre deux personnalités créatrices, dont une particulièrement dominante, leur rupture et les conséquences tragiques qu'elle eut pour Dora, ainsi que la période qui suivit leur liaison.

Ces souvenirs figurent dans ce fameux cahier noir sans titre ; il m'a semblé approprié d'intituler ce livre *Dora i Minotaur*[4], d'après un fameux dessin de Picasso daté de 1936. Cette œuvre est peut-être le symbole le plus fort de la nature de leur relation.

Le contenu du cahier pourrait, si on en croit certains indices, être inspiré par ses entretiens avec le psychanalyste Jacques Lacan – passages signalés dans son journal intime par la lettre A (analyse) – et avoir été rédigé en 1958 et 1959. Ces notes sont considérées comme le point de départ à une autobiographie, à laquelle l'artiste aurait ensuite renoncé – ou qui n'aurait jamais été retrouvée. Écrites à la main, à l'encre violette, d'une écriture régulière, ces notes furent prises par Dora Maar alors qu'elle s'était déjà retirée de la vie publique. Les quarante dernières années de sa vie se déroulèrent dans la solitude.

Ce mystérieux cahier noir pourrait bien être le célèbre « cahier de Ménerbes » notamment mentionné dans leurs ouvrages sur Dora par James Taylor et Alicia Dujovne Ortiz, entre autres. Il fut vendu aux enchères en 1999, lors d'une vente intitulée *Derniers souvenirs de Dora Maar*, et retrouvé ensuite en Croatie après la mort de son acquéreur anonyme. Il se trouve à présent à Rijeka, en possession d'un

3. Pablo Picasso naquit à Málaga en 1881 et mourut à Mougins, en 1973.

4. Titre original en croate ; littéralement « Dora et le minotaure ».

connaisseur de l'œuvre de Dora, et qui connut Dora elle-même. Quand il entra en contact avec moi, il posa deux conditions : son nom, comme celui du précédent propriétaire, devait demeurer à jamais inconnu du public.

Bien qu'il s'agisse de fragments inachevés, ce texte constitue un témoignage précieux sur les personnalités créatrices de Dora Maar et de Picasso. Nul doute qu'il mérite d'être publié. Nous vous le présentons ici avec quelques corrections et accompagné de notes éditoriales.

S. D.

RÉCEMMENT, EN CHERCHANT UN MAGAZINE, j'ai trouvé dans mes papiers un vieux cahier. Je pensais qu'il était vierge, mais j'ai découvert une note sur la première page datée de juin 1945 :

Hier, je suis partie de chez Jacques de si belle humeur ! Je sens que je vais déjà mieux.

Après les électrochocs et mon hospitalisation, j'ai eu mal aux jambes pendant des jours. J'avais la démarche raide, comme si je marchais avec des béquilles. Mon corps tout entier me faisait mal. Je me traînais dans le couloir qui donne sur la cour, sans savoir si j'étais encore à l'hôpital ou dans mon appartement. La couleur verte des buissons du dehors se mélangeait au blanc et au gris des murs, on aurait dit qu'un linceul me recouvrait les yeux. C'était comme nager dans une eau trouble. Mon cerveau se remettait lentement. C'est Jacques qui m'a sauvée de Sainte-Anne, où ils ont bien failli me tuer. Ils t'attachent au lit, te fourrent une boule de chiffons dans la bouche, et ensuite, ils te font passer du courant dans le corps. De fait, je ne sais même pas combien de fois j'ai eu droit à ce « traitement », comme ils disent à l'hôpital. Je n'ai pas demandé.

C'est une mode, a dit Jacques lors de notre première rencontre après ma sortie de l'hôpital, une simple mode stupide. Qu'il s'agisse de chapeaux, de chaussures ou de médecine, c'est toujours la même chose.

Mais cette mode est la raison pour laquelle mon corps est encore brisé !

Oublie les électrochocs, tu vas t'en remettre, tu n'as même pas quarante ans. Tu vas venir ici, chez moi, et on va parler. Rien de plus. Tu n'as besoin ni de thérapie ni de médicaments, tu n'as plus de raison d'avoir peur.

Je ne veux pas parler de l'hôpital, j'ai failli y rester…

Tu n'es obligée de rien, c'est toi qui décides de quoi nous allons parler.

Sans doute faut-il évoquer la raison pour laquelle j'ai atterri à l'hôpital, et à présent chez toi, en psychothérapie. Apparemment, j'aurais fait une dépression nerveuse. Picasso a eu peur pour ma santé mentale, et il t'a appelé à l'aide. En réalité, je ne pense pas qu'il se soit vraiment inquiété, seul quelqu'un qui ne le connaît pas peut croire une chose pareille. Il m'a tout simplement expédiée à l'asile pour se débarrasser de moi.

Alors, raconte-moi ce que pense quelqu'un qui le connaît.

J'ai chassé la question d'un vague geste de la main. Dans son cabinet, le soleil de l'après-midi baignait les étagères de livres, le bureau en chêne massif et la maigre créature aux oreilles décollées en veste bleu sombre. Ça sentait les livres et le cigare.

Sur le chemin de la maison, j'ai acheté à la papeterie un cahier avec des lignes et une couverture cartonnée noire. À l'école, je détestais ce genre de cahier : j'étais très ordonnée, mes lettres ne fuyaient ni en dessous, ni au-dessus des lignes. J'ai pourtant eu le sentiment que c'était précisément ce dont j'avais besoin à ce moment-là : avec ma tête tout embrouillée, il m'était difficile d'avoir une écriture régulière. J'ai aussi acheté un petit flacon d'encre violette. Je pourrais essayer de poser des choses sur le papier, me suis-je dit en rangeant le cahier dans mon sac. De toute façon, je ne suis pas obligée de le montrer à qui que ce soit, pas même à Jacques.

J'ai décidé que j'allais écrire en croate, afin de préserver encore mieux mes notes de toute curiosité. Je ne connais personne ici, à part mon père, qui comprend cette langue. Je crois que l'écriture va m'aider à me reprendre. Je dois aussi tenter quelque chose par moi-même, je ne peux m'abandonner complètement à Jacques. Parce que je le connais d'avant, pas par Picasso, mais par sa femme Sylvia, avec laquelle je m'étais liée d'amitié quand elle était encore mariée à Georges Bataille. J'ai le sentiment que le fait de les connaître tous est en quelque sorte un frein à notre relation de patiente à médecin. Si je me rappelle certains événements de mon passé, et si je les consigne, peut-être que je comprendrai mieux cet épisode psychotique qui m'a expédiée à l'hôpital. Il faut simplement que je me concentre, comme si je me préparais de nouveau à me tenir devant le diaphragme de l'appareil photo et à regarder – mais en moi cette fois. Il me semble que j'en suis à présent capable, avec l'aide de Jacques et de ce cahier. La procédure est la même que dans mon métier : quand je photographie ou que je peins, je choisis qui je vais représenter, et comment, je maîtrise la réalité et la mets en forme. C'est moi qui décide, et c'est ce que je vais faire à présent. C'est toi qui décides, n'est-ce pas ce que Jacques m'a dit ?

Je me suis sentie mieux après ces mots : il me soutient et m'encourage à parler, au lieu de me maintenir droguée et attachée au lit. J'ai encore sous les yeux ce terrible appareil avec des fils de fer, je sens encore le contact des électrodes froides sur mes tempes et le goût cireux des chiffons dans ma bouche.

Mais ces derniers temps, quand ai-je pris, moi, la moindre décision, à part quand je photographiais, ce que je ne fais plus depuis des années ? Était-ce à cette époque lointaine où j'ai décidé d'étudier la photographie, au contraire de tout ce qui m'est arrivé par la suite et qui a été décidé par d'autres ? J'ai peine à me souvenir du désir de photographier, et de cet ancien sentiment de contrôle, de liberté et de confiance en moi et en mes décisions. Quand est-ce que tout ça s'est évanoui, et pourquoi ? Comment ai-je pu me laisser aller au point de finir à l'hôpital ? Voilà, c'est sur ça que je voudrais écrire.

* * *

C'était tout ce qu'il y avait d'écrit dans le cahier que j'avais trouvé. J'ai été touchée par ces mots oubliés, écrits il y a plus d'une dizaine d'années, en particulier par la phrase *J'en suis capable.* On aurait dit que j'essayais de m'en convaincre moi-même. Manifestement, j'avais échoué dans mes intentions. Les pages vides qui suivaient me perturbaient. Pourquoi n'avais-je pas continué à écrire ? De quoi avais-je eu peur ? Qu'est-ce qui m'en avait empêchée ?

Je revoyais le visage de mon camarade psychiatre, la devanture de la papeterie, mon reflet dans la vitrine. Ce petit élan d'espoir après ma première consultation était resté gravé dans ma mémoire. En sortant de chez Jacques, j'avais levé la tête vers le ciel bleu clair et sans nuages. Je m'étais rappelé le titre du livre de Georges Bataille, *Le Bleu du ciel*, pas tant à cause de son contenu et du fait qu'il y parlait, soi-disant, de moi, qu'à cause du titre en lui-même. Avait-il précisément eu en tête ce bleu ? Le vent avait glissé ses doigts dans mes cheveux lâchés, j'avais inspiré profondément et m'étais laissée faire, comme si j'étais une voile. J'avais erré quelque temps, profitant de ce sentiment de légèreté et de joie. Après avoir passé des semaines dans un état plus ou moins inconscient, à flotter entre la lumière et l'obscurité, comme si quelqu'un m'avait jetée dans un puits profond où j'étais condamnée à attendre la fin, ce jour-là, j'avais pour la première fois commencé à croire que je n'étais pas perdue, que je n'étais pas complètement abandonnée.

J'ai relu une nouvelle fois la première phrase – *hier, je suis partie de chez Jacques de si belle humeur.* Après quelques pages seulement, la joie et l'optimisme avaient cédé la place à un long silence et à des pages vides. À l'époque, j'ignorais ce que j'ai par la suite appris sur les électrochocs. À ce traitement désagréable et douloureux succède l'euphorie. Mes sensations n'avaient découlé que d'une réaction chimique dans mon cerveau ! Mon ravissement initial avec Jacques, tout comme plus tard mon humeur sombre et la fatigue infinie qui m'empêchaient de prendre la plume. Mon incapacité à me concentrer était peut-être, elle aussi, un effet secondaire. Tout comme mes pertes de mémoire temporaires, qui sait ? D'après Jacques, la mémoire des patients pouvait parfois leur faire défaut, mais en général, elle revenait. J'ai bien peur de n'avoir été qu'un vulgaire rat de laboratoire pour cette nouvelle invention, dont on ne connaissait pas grand-chose à l'époque.

Et la psychothérapie ? À quel point m'avait-elle aidée ? Avait-elle duré trop peu pour que je me remette vraiment ?

À présent, mes mains – ces mains que Picasso a peintes tant de fois, cette peau toujours aussi douce et ces longs ongles vernis – tiennent ce grand cahier aux coins un peu émoussés, comme s'il m'avait suivi partout et avait fini par s'user. Ce qui m'étonne le plus, c'est son épaisseur. Avais-je vraiment l'intention de le remplir ? Ces phrases écrites il y a bien longtemps sont un témoignage pathétique de mon impuissance. Mais ce que je n'ai pas eu la force, ou l'envie d'écrire, je vais l'écrire maintenant. Jacques, devenu le célèbre Dr Lacan et qui n'est plus mon médecin, mais juste une vieille connaissance à présent, s'était tout de même trompé sur un point. Ce n'est qu'aujourd'hui que je suis capable de décider, longtemps après avoir fini, ou plus précisément interrompu, ma thérapie avec lui.

Oui, il m'a fallu plus de temps que ce que j'avais pensé après notre premier entretien.

Et en vérité, ce n'est qu'aujourd'hui, après tant d'années, que me reviennent en mémoire quelques-uns de nos sujets de discussions et certaines de ses questions. Ce n'est qu'aujourd'hui que s'ouvre lentement la porte derrière laquelle je peux enfin regarder ma vie avec une distance émotionnelle et temporelle. Les souvenirs qui remontent, je m'efforcerai de les consigner dans ce même cahier. Et je sais que j'ai encore quelque part cette encre violette !

* * *

Dis-moi ce que tu vois quand tu fermes les yeux ? m'avait demandé Jacques le premier jour.

Un rideau. Un rideau blanc qui ondule dans la brise, lui avais-je répondu avant de me taire. Ma gorge s'était serrée, les larmes m'étaient montées aux yeux.

Le rideau se trouve sur la porte vitrée qui sépare ma chambre d'enfant de celle de mes parents, à Buenos Aires. Cette image me revient ces jours-ci – la porte vitrée, ma chambre, l'enfance. Il me suffit de fermer les yeux, et je suis de nouveau là-bas. J'ai quatre ans, peut-être cinq. Couchée dans mon lit, je regarde le tissu blanc, presque transparent, seul obstacle entre moi et mes parents. C'est le matin. Je discerne les contours du lit conjugal et j'entends la voix étouffée aux intonations menaçantes de mon père. Je connais bien cette voix particulière qu'il n'adresse qu'à Maman, et ce, depuis que nous avons déménagé ici. Maman me dit ensuite : Papa a à nouveau eu une attaque. Elle appelle ça une attaque. Comme si Marko, comme l'appelle Julie, était un fou. En réalité, mon père est un homme colérique que le visage renfrogné de son épouse de bon matin exaspère. Je devine dans sa voix qu'il préférerait hurler un bon coup contre cette femme qui renifle à côté de lui dans le lit. Mais il ne le peut pas, à cause de moi. Il se transforme alors en un grand serpent vociférant qui étouffe et écrase Maman, et lui laisse juste assez d'air dans les poumons pour pleurer en silence.

Certes, je n'étais pas censée entendre leurs disputes. Mais je dormais dans la chambre voisine et les deux pièces n'étaient séparées que par une porte vitrée coulissante, tendue d'un tissu fin qui brouillait à peine les images, et pas du tout les sons. À Julie, mon père parlait en français, sa langue à elle, celle que nous parlions à la maison. Mais je comprenais aussi sa langue à lui, le croate, qui à mes oreilles d'enfant possèdait des accents doux, chauds, particuliers. J'adorais sa sonorité tendre. *Mila moja, Dorice*[5] – me chuchotait mon père en se penchant pour m'embrasser sur la joue. Je me souviens que son baiser toujours un peu humide me faisait redouter secrètement le contact de ses lèvres.

Je n'étais pas non plus censée entendre les autres sons provenant de leur chambre, qui me réveillaient parfois au milieu de la nuit. Les soupirs étouffés, puis de plus en plus sonores, jusqu'au gémissement de ma mère. Petite, je pensais que Maman allait d'un instant à l'autre se mettre à pleurer, et j'étais prête à ouvrir la porte vitrée. Je me levais, je cherchais dans le noir mes pantoufles, qui avaient sûrement glissé sous le lit. J'entends encore le plancher grincer tandis que je rampais en tâtonnant à l'aveugle. Sur le parquet si agréable au toucher, je n'avais pas froid, pourquoi donc voulais-je tant mes chaussons ? Juste au moment où je me redressais, décidée à aller pieds nus jusqu'à la porte, le silence régnait de nouveau, et je remontais sans bruit dans mon lit. Sans doute avaient-ils entendu mes pas, et fait un peu moins de bruit. Une fois, j'avais franchi le seuil de leur chambre. La silhouette de mon père se dessinait dans la lumière venue de la fenêtre. Noire et courbée, elle se dressait au-dessus de ma mère. Allait-il l'étouffer ? Maman émettait un son faible, quelque chose entre la plainte et le soupir. Papounet, avais-je murmuré, est-ce que Maman va bien ? Mon père s'était redressé dans le lit : Dorica, tout va bien, retourne te coucher. Maman a juste fait un mauvais rêve. Elle va mieux maintenant.

Je l'avais cru, que pouvais-je bien faire d'autre ? Les sons de Maman étaient parfois terrifiants – des soupirs, des gémissements, des cris étouffés. Mais les mots de mon père m'apaisaient. Il avait sans doute été surpris que je sois

5. « Ma chérie, ma Dorachou » (N.d.T.)

réveillée. Mes parents n'imaginaient pas que moi aussi, je les surveillais, que, par la force des choses, je les espionnais, que j'en savais bien plus sur eux que ce qu'ils auraient voulu – je n'étais qu'une enfant, après tout. Ils ne pensaient pas au fait qu'en grandissant, j'apprenais à déchiffrer leur langue codée, où alternaient – je ne le comprends qu'à présent – la passion, le dégoût et l'indifférence.

Pourquoi m'avaient-ils attribué cette chambre transparente ? Étais-je vraiment une petite plante fragile à garder sous serre, à protéger et surveiller jour et nuit ? Mais manifestement, ils voyaient de grands avantages à cette porte vitrée.

Certes, ils pouvaient ainsi entendre ma respiration paisible et sombrer eux-mêmes dans le sommeil en toute sérénité. Le matin, mon père écartait le rideau pour voir si j'étais réveillée. Si j'ouvrais les yeux, son visage s'illuminait d'un sourire, il entrait et couvrait de baisers ma tête aux boucles brunes en sueur. Si je faisais semblant de dormir, particulièrement quand il avait eu une attaque, il me caressait la joue. Jamais il ne quittait la maison sans être passé voir « sa petite fille à son papa », comme il m'appelait.

M'installer dans cette chambre était sans doute une décision née de leur angoisse pour moi, et l'une de leurs rares décisions communes. Maman avait trente ans à ma naissance, elle avait déjà perdu tout espoir d'avoir un enfant. Elle racontait à qui voulait l'entendre qu'à la maternité, une sage-femme lui avait reproché d'avoir tant attendu pour enfanter. Mon père non plus n'était plus de première jeunesse, à trente-trois ans. Sans enfant, leur couple n'avait aucune chance. Ma présence leur avait imposé un certain cadre, et les obligeait à rester ensemble, comme je l'avais vite compris. Toute la tendresse de mon père s'était reportée sur moi. Ma mère avait été reléguée au rang de gardienne d'enfant. « Julie, comment va la petite ? » étaient ses premiers mots quand il passait la porte de l'appartement en rentrant du travail.

Après une attaque de mon père, Maman restait encore longtemps au lit, contente que je ne la dérange pas. Elle était furieuse contre mon père. Il l'avait réprimandée de sa voix menaçante de bon matin. Si au moins tu criais comme un homme, un vrai, lui rétorquait-elle parfois avec mesquinerie. Elle lui en voulait surtout car, à cause de lui et de son travail, elle avait été contrainte de déménager de Paris à Buenos Aires, chez les sauvages, disait-elle. Tout dans cette ville atroce la dégoûtait – les rues, la poussière, les regard appuyés des hommes, le marché où les paysans étalent leurs marchandises par terre, les dames dans des robes du siècle dernier... Julie n'avait accepté de quitter Paris que parce mon père lui avait assuré qu'il ferait fortune en Argentine. Mon père savait être charmant et convaincant, elle devait bien le reconnaître. Mais le temps passant, sans la moindre trace de la fortune promise, son insatisfaction était allée croissant, tout comme ses reproches quotidiens à mon père. Et tout ça, j'étais bien obligée de l'entendre par le mur vitré, tout comme ses soupirs et ses pleurs. Et les grincements de plus en plus rares du lit conjugal dans la nuit.

Mon Dieu, comme tout est brutal ici, tout est si primitif, se plaignait Maman à Mme Dupont, qu'elle fréquentait uniquement parce qu'elle était elle aussi française. Elle s'était imaginé qu'être française à Buenos Aires ces années-là était très distingué, mais elle avait vite compris que ce n'était pas le cas. Notre bonne, Juana, que Maman appelait Jeanne, lui avait expliqué qu'il y avait en ville beaucoup de Françaises pauvres qui se prostituaient. À cause d'elles, on surnommait les prostituées *francesa*.

* * *

La vitre est une protection, mais pas uniquement. Je me souviens aussi du sentiment d'être exposée aux regards, comme si j'étais dans une vitrine ou un aquarium. Une fois mon père parti, je sentais encore longtemps ses yeux sur moi. Si je ne me levais pas, je savais que Maman viendrait s'assurer que j'étais en vie, que je respirais. Jusqu'à sa mort, elle s'est inquiétée de mon sort. À l'époque comme plus tard, quand j'étais adulte, à Paris, elle se comportait comme si j'étais incapable de prendre soin de moi. Pauvre Julie, après tout, peut-être avait-elle raison ! Sa sollicitude m'exaspérait, son regard, au contraire de celui de mon père, était dépourvu de chaleur. Aucune impatience que je me réveille, ni sourire ni baiser avant de partir. J'avais aussi appris que Maman avait mieux à faire que de se consacrer à moi au petit matin. Elle s'enfermait dans la salle de bains pour atténuer par des compresses froides la trace de ses pleurs sur son visage. Pendant ce temps, j'étais à la fois livrée à moi-même et libérée de son contrôle.

Pourquoi est-ce que cette chambre de mon enfance me revient en mémoire précisément maintenant ? Je sais, elle m'apparaît quand je me sens à nouveau comme un enfant. Quand je veux fuir, retourner dans le passé. Quand je suis vulnérable. Quand il n'y a personne, ni rien entre moi et la réalité. Moi qui ai remisé mon appareil photo pour toujours, j'ai les mains vides désormais.

Cette chambre si détestée était pourtant mon seul refuge. En grandissant, je me suis sentie de plus en plus exposée dans cette cage de verre. Je me souviens de ce sentiment simultané de protection et d'exposition : je ne pouvais ni sortir ni échapper aux regards. Je ressentais déjà un certain malaise que, bien des années plus tard, j'ai identifié comme une forme de violence parentale, l'exposition à des regards non désirés. Je me suis donc retirée derrière l'objectif de mon cher appareil photo, qui m'a longtemps servi de bouclier. Je me repliais, me cachais derrière lui. Cet étrange mode de communication me permettait d'échanger selon les règles que j'avais moi-même établies. Un sortilège grâce auquel j'apprivoisais tout ce qui se trouvait devant l'objectif.

Pour me défendre de ce sentiment d'exposition, je passais par le jeu. Je me souviens, j'ai sept ou huit ans, j'adore jouer avec la lumière. La porte vitrée est ouverte. Des rayons de soleil percent jusqu'à mon petit lit. J'aime être seule, sans surveillance. J'ouvre et ferme les yeux : la couleur rouge transparente sous mes paupières alterne avec l'éclat aveuglant des rayons du soleil. Je lève la main vers la fenêtre. La lumière violente traverse ma peau, et j'aperçois des parties plus sombres – est-ce que ce sont mes os ? – et le fin réseau des veinules. Ma main devient un animal transparent, peut-être une méduse, comme celle que j'ai vue à l'aquarium. Dans tous les cas, il s'agit d'une chose complètement étrangère, indépendante de moi. Je range cette chose dans l'obscurité, sous les draps, et c'est à nouveau ma main, ordinaire, que je regarde avec incrédulité après le « sortilège ». Cette métamorphose d'une partie de mon propre corps m'obsède.

Tout, en fonction de l'ombre et de la lumière, peut se changer en autre chose. Je suis une magicienne, dis-je à Maman plus tard, je change le connu en inconnu, regarde ! À l'époque, je ne connais pas encore le mot artiste. Arrête de raconter des bêtises, dit Maman. Elle ne voit rien, pas même quand je lui montre avec quelle facilité je change ma main en méduse, avec la simple aide de l'éclatante lumière du soleil. Une main n'est absolument pas une chose, rappelle-t-elle, comme si je ne le savais pas. Elle ne comprend pas le sortilège opéré par la lumière, pas plus que ma passion pour ce jeu de métamorphoses. Mais ça ne m'attriste pas, car j'ai maintenant mon propre secret.

J'aimais bien quand Maman m'emmenait au parc à Buenos Aires, ai-je raconté à Jacques. Et parfois au terrain de jeu, pour que je m'amuse avec les autres petites filles. Elles parlaient espagnol, la langue des domestiques, des marins, des dockers et des éleveurs de bétail. C'était une langue utile, mais sale, tout comme les gens autour de nous, d'après Maman. Nous avions rejoint mon père à Buenos Aires quand j'avais trois ans. Déjà, je me sentais écartelée entre ma mère et mon père, entre le français et le croate. Et cette nouvelle langue était apparue, l'espagnol. Mon père la parlait déjà bien, tandis que nous n'en savions pas un mot. Il y avait aussi les tenues de Maman, qui sentaient le parfum, et les grandes jupes de Juana, où se cachaient des centaines d'odeurs inconnues. Moi-même, j'étais faite de pièces anciennes et nouvelles, propres et sales. Je me suis toujours sentie ainsi. Et maintenant, tu te sens toujours comme ça ? m'a demandé Jacques. Oui. En moi se mélangent Theodora, Dora, Dorica, Dorita, Adora, Dorissima.

Il m'a semblé que cette réponse l'intriguait particulièrement, il a noté quelque chose dans son carnet, mais il ne m'a pas questionnée davantage.

* * *

À Buenos Aires, nous allions parfois rendre visite à mon père dans son studio d'architecte de la Calle Reconquista. Il me donnait un crayon et du papier, et je dessinais à sa table, ou je calligraphiais des lettres. J'allais déjà à l'école, et il me fallait m'entraîner. Mon père dessinait beaucoup, principalement des bâtiments, que d'autres construisaient ensuite. C'est ainsi qu'il m'avait expliqué son métier d'architecte. Quand nous nous promenions, il me montrait les immeubles qu'il avait conçus, celui sur la Plaza de Mayo ou dans la Calle Sarmiento, où surgissait d'un des balcons une terrifiante tête de pierre. Même si j'avais détourné le regard, j'y étais quand même retournée plus tard.

Quand il avait du temps, mon père m'apprenait à dessiner des maisons, des bateaux, des rues ou faire des portraits. Pour m'amuser, il représentait parfois aussi des animaux qu'il me demandait ensuite de reproduire. Il disait que j'avais du talent, que j'avais l'œil, mais que je devais travailler. Un entraînement acharné, c'est la clé de tout, Dorica.

Tout en dessinant, j'écoutais mes parents discuter... C'est ainsi que j'avais appris que Maman avait l'intention d'ouvrir une boutique de chapeaux. Elle s'ennuyait, elle pourrait gagner de l'argent en tant que modiste. La chapellerie s'appellerait la *Boutique française* – ça va de soi. Et d'ailleurs, où est donc la fortune que nous sommes venus chercher ici ? – avait-elle ajouté. Elle avait prononcé le mot *ici* comme si elle avait dans la bouche quelque chose qu'elle voulait cracher à tout prix. Ignorant mon père, elle regardait par la fenêtre, dans le lointain, là-bas, au-delà des mers. Mon père, je le sentais, n'était pas enchanté par son projet, qui signifiait des dépenses supplémentaires. Maman avait émis un grognement méprisant et balayé la remarque de la main quand il avait mentionné l'argent. Elle ne voulait pas s'en préoccuper, voilà une chose qui était l'affaire des hommes. S'ils ne pouvaient pas se le permettre, alors... Sa phrase était restée en suspens. Je me souviens que j'avais eu de la peine pour lui.

Mon père avait fini par céder, il avait emprunté de l'argent à son employeur, M. Milanovich, un riche armateur d'origine croate pour lequel il construisait un palais. Cette information, comme tout ce dont parlaient les adultes, je l'avais apprise depuis ma cage de verre, en faisant mine de n'avoir rien entendu. Je connais M. Milanovich et sa femme bien en chair. Nous vivons en face de leur villa, et je joue souvent avec leurs enfants. Ils en ont douze, avec une tête d'écart entre chacun d'eux, dit Maman. Quand elle dit *douze*, elle lève les yeux au ciel, comme si c'était tout à fait inimaginable pour des gens de leur statut social. Derrière la vitre, plus tard, j'entends aussi en lien avec

Milanovich le mot *se reproduire,* mais mon père se fâche. Fais attention à ce que tu dis, et mêle-toi de tes affaires, lui rétorque-t-il sévèrement.

J'aime porter des chapeaux. Insolites, originaux. Même celui que je porte le plus souvent à présent, petit, noir, avec un gros nœud d'organdi, c'est Maman qui l'a fabriqué. C'est certainement d'elle que me vient ce goût. Je me souviens très bien d'une pièce qui était restée longtemps exposée dans la devanture de sa chapellerie. Parfois, elle se tenait juste devant la vitrine de la *Boutique française* et l'observait. J'avais peut-être dix ans, mais je me souviens encore de ce chapeau dans les moindres détails. Bleu clair, orné d'oiseaux miniatures en soie de diverses couleurs qui surgissaient derrière de petites feuilles vertes, et semblaient vivants. Les passantes s'arrêtaient pour le regarder, époustouflées. Il était merveilleux.

Quand Maman m'avait laissé l'essayer, j'avais décidé, debout devant le miroir, que quand je serais grande, je porterais précisément ce genre de chapeaux. Et des plus fous encore ! C'est peut-être la seule fois où j'ai été fière d'elle. Car c'était mon père que j'admirais. La Julie de ces années-là, je la méprise. Plus tard, je la prends en pitié, et j'éprouve de la culpabilité envers elle.

C'est ainsi que Julie avait ouvert sa boutique. Il était interdit de dire que c'était un magasin, à savoir un commerce, c'était trop banal. Mon père l'appelait *kitničarka,* un vieux mot croate pour une chapellerie. On y trouvait des boutons, des cols, quelques tissus au mètre, divers rubans de coton, de soie, de reps – en gros, la mercerie d'usage. Bien entendu, elle créait elle-même les chapeaux. Je me souviens du bouquet de son parfum parisien, mêlé à l'odeur exotique des soies fines sur l'étagère, qui venaient de la lointaine Chine. C'est de la soie authentique, de Chine, soulignait-elle avec satisfaction, se rengorgeant un peu de ses bonnes relations avec les armateurs et les marchands, qui lui permettaient d'obtenir à bon prix de luxueuses marchandises.

Depuis qu'elle a sa *boutique*, Maman est plus joyeuse, il lui arrive même de rire. Elle est habile de ses mains. Vous avez des doigts d'or, lui soufflent ses clientes, des dames au goût raffiné, pas de celles qui achètent de l'élastique et des rubans ornementaux au mètre, ou des rouleaux de la tapageuse dentelle noire à la mode qu'elles cousent sur leurs robes de taffetas pour souligner leur décolleté. Certaines viennent juste pour parler français et feuilleter les magazines de mode de Paris que Maman pose bien en vue sur le comptoir. Et à Paris, les jupes ne sont plus aussi longues qu'à Buenos Aires, elles se raccourcissent et s'ajustent davantage. Les femmes raccourcissent aussi leurs cheveux, elles portent des coupes à la garçonne. Je décide que moi aussi, je me couperai les cheveux, dès que je serai assez grande. Maman ne veut pas en entendre parler, elle trouve cette mode « vulgaire ». Tout ce dont elle a peur est vulgaire.

Les femmes viennent à la *boutique* juste pour essayer ses chapeaux si *originaux*. Un mot pour insolite et inconnu, pour quelque chose d'inhabituel, de déroutant et un peu étrange, qu'on regarde, qu'on essaie peut-être, mais qu'on n'achète surtout pas, grands dieux ! On porte peut-être ce genre d'œuvres d'art à Paris, madame Markovitch, mais ici, on porte des chapeaux de paille à large bord, à cause du soleil. Tellement campagnards, renchérit Maman, et elles étouffent ensemble un petit rire. Elle porte quant à elle l'un de ses bibis, orné de roses en feutre et de fruits minutieusement modelés en ouate ceinte de papier de couleur, et passés au vernis brillant. Se réjouissant de provoquer ou d'attirer l'attention, elle se promène en ville avec ce sommet d'exotisme sur la tête. On se dit celle-là, elle est de Paris, et là-bas, c'est à la mode. Il faut bien que je fasse la promotion de ma *boutique*, lance avec coquetterie la modiste Julie.

Mon père ne s'offusque pas de ses extravagances. Quand il est de bonne humeur, il l'appelle *šašavica*, extravagante en croate. Elle répète le mot maladroitement, *sa-sa-vi-ka*, juste pour nous faire rire. Elle porte aussi son chapeau pour la messe du dimanche. Et après la messe, pour le thé et les gâteaux dans le grand café de style Sécession sur la Avenida de Mayo, baptisé le *Tortoni*, d'après le café du Boulevard des Italiens. Je suis contente de marcher entre eux deux. Nous croisons mes camarades de classe avec leurs parents, nous nous saluons. Je vois que tous les regards s'arrêtent sur le chapeau, et ça me plaît. Maman est tout de même courageuse. Même si sa volonté et son courage s'épuisent dans cette entreprise.

* * *

Voilà, c'est comme si je nous regardais à présent faire notre promenade du dimanche. Je contemple mes parents. Mon père en élégant costume sombre, ses cheveux noirs et brillants enduits de brillantine et ses moustaches soigneusement peignées, en compagnie d'une vraie dame vêtue d'une robe à la dernière mode de Paris, un chapeau intriguant sur la tête. Je me vois aussi, petite fille aux yeux verts transparents et au visage large couronné d'épais cheveux noirs, comme mon père. Quand ils sont au café, ils ne se parlent pas beaucoup, comme s'ils n'avaient rien à se dire. Ils sont là pour montrer une fois par semaine – telle est la coutume – qu'ils appartiennent à la classe moyenne de Buenos Aires, celle des citoyens élégants et éduqués, comme les médecins, les juristes, les armateurs et les architectes.

Mon père sort un cigare, l'allume, puis il se renverse dans le fauteuil. Il observe d'un air légèrement absent les gens autour de lui, et en salue quelques-uns. Je suis extrêmement calme et sérieuse, je dois avoir huit ou neuf ans, peut-être même moins. Je jette des regards curieux autour de moi en mangeant une part de gâteau au chocolat. Julie boit un thé, mon père un café, dont l'arôme entêtant se mêle à l'odeur de la fumée du tabac. Je suis là, assise à table avec mes parents, mais je suis en même temps quelque part dans un coin de la salle, d'où j'ai une bonne vue d'ensemble sur tous les clients. Je jouis de cette possibilité d'être à la fois présente et absente. J'erre du regard de visage en visage, tel un petit voyeur qui épie, caché derrière les rideaux. Je discerne sur le visage de la femme à la table voisine fatigue et nervosité. Elle tient sur ses genoux un garçonnet qui n'arrête pas de gigoter, de poser des questions, de donner des coups de petite cuillère sur la fine porcelaine de la tasse de thé. Un peu désespérée, elle tend le petit à son père, qui ne sait pas quoi en faire. Deux dames âgées aux chignons gris se chuchotent des mesquineries au-dessus de leurs assiettes de gâteaux. Un groupe d'hommes se tient près du piano et discute à grand bruit. Mais la personne qui m'attire le plus, c'est une jeune femme assise seule à sa table. Elle fume et lit les journaux sans accorder la moindre attention aux regards stupéfaits.

* * *

Sur les photos de cette époque, j'ai l'air un peu triste. Mes camarades d'école me surnommaient *la santa*, la sainte. Pourquoi mon visage était-il, alors déjà, dénué de sourire ? Était-ce parce que Maman me répétait sans arrêt : ne souris pas aux hommes, c'est dangereux ici ? Là-bas, en France, tu peux te comporter librement, tu peux sourire à qui tu veux, porter des chapeaux fous et marcher dans la rue sans escorte masculine. Rappelle-toi bien, être française et sourire, ici, ça ne veut dire qu'une seule chose – *francesa.*

Ses mots m'avaient fait forte impression. Maman avait peur pour moi, elle redoutait le regard des hommes, des immigrés célibataires affamés de femmes. Elle s'efforçait de m'en préserver. Les hommes, il ne faut pas les provoquer. Il fallait marcher dans la rue le visage sérieux, sans sourire, les yeux baissés, surtout si tu étais une jolie fille de treize ans, dont les seins commençaient tout juste à poindre sous sa robe d'été.

Les hommes sont dangereux, me répète Maman. Tous les hommes ? je demande. Oui, affirme-t-elle, oui, oui, tous. Comment cela dangereux ? je répète sans oser ajouter si cela concerne aussi mon père.

Ils sont dangereux comme la fièvre du tango. Comme le tango, répond-elle.

Elle dit cela à dessein, car elle sait que j'aime le tango. J'ai appris à le danser petite. À Buenos Aires, tout le monde est fou de cette musique mélancolique, emplie d'une sorte de désir sombre. Je me rappelle le sentiment d'excitation et de tristesse qui m'envahissait quand j'en écoutais. Les corps des danseurs se touchent sans réserve, leurs mouvements sont brusques, mais rythmés et harmonieux. Le dimanche après-midi, les jeunes comme les vieux dansent sur les places et dans les rues, au son d'un orchestre improvisé ou de la radio. Cet abandon spontané au rythme, aux couleurs, à la joie des gens autour de moi, je m'en souviens bien, précisément parce que cela ne m'est plus jamais arrivé.

Certes, lors de nos fêtes, on dansait le tango de salon, élégant et moins passionné. À l'école, nous, les petites filles, répétions les pas. Le maintien des danseuses professionnelles me fascinait plus que tout. Au tango, une femme devait faire preuve à la fois de fierté et de soumission, être provocante et inaccessible. L'homme faisait obligatoirement le *cabeceo*, une légère révérence, à peine perceptible, vers son élue, en la regardant droit dans les yeux. Alors commençait la danse dramatique de la conquête et de l'abandon.

Le tango est en effet lié à ces regards masculins dans la rue et à l'interdit. Peut-être parce que dans la danse, les corps des couples sont unis comme s'ils faisaient l'amour. À treize ans, je n'ai sur le sujet que des présuppositions très vagues, mais je sais tout de même déjà que mes parents le font quelquefois, tard dans la nuit, quand ils me croient endormie. Je les entends, et je suis morte de honte. Quand, au matin, mon père ouvre la porte et se penche sur moi pour m'embrasser, je détourne la tête. Sait-il que je sais ?

À une fête d'anniversaire chez les Milanovich, j'avais dansé le tango avec un garçon inconnu, un peu plus âgé que moi. Il y a tant de manières de faire l'amour. Pourtant, même vingt ans plus tard, je me souviens des corps qui se touchent dans la danse, du rythme qui les guide. Je me rappelle la sensation nouvelle qui m'envahit tandis que je suis rapidement les pas de mon partenaire, que ma poitrine touche la sienne, et que sa cuisse est entre mes jambes. Et je me courbe en arrière en une gracieuse figure tandis que nos pieds glissent sur le parquet. La mélodie pénètre en moi tandis que les mouvements suscitent une forme inconnue d'excitation, comme une fièvre. À l'école, nous les petites filles, nous l'appelons en secret « la fièvre du tango », et nous pensons qu'elle est contagieuse.

J'ignore qui est ce garçon avec lequel je danse. La pensée que mon corps tremble de fièvre alors que je ne le connais pas m'excite encore plus. Je ne vois que ses yeux brillants et son front en sueur, qu'il ne peut essuyer car il n'a pas le droit de me libérer de son étreinte. Une étreinte qui nous est interdite, nous le savons, ce pourquoi nous profitons tous les deux encore plus de cette danse.

Est-ce à cause de ma fièvre du tango que nous avons une nuit, Maman et moi, soudain embarqué sur un transatlantique ? Peut-être. Peut-être avait-elle remarqué avec quelle agilité et quelle passion je dansais avec ce garçon, comme une vraie *francesa.* Peut-être avait-elle compris que le temps était venu de m'extraire de ce milieu dangereux et m'inscrire dans une école française qui ferait de moi une vraie dame, bien élevée, réservée. À moins qu'elle n'ait eu elle-même une telle nostalgie de la France, qu'elle m'avait sortie de ma cage de verre, fermé sa boutique et fait nos bagages – combien de fois n'avais-je pas appelé ce moment de mes vœux ? Mais pas quand nous sommes montées dans le bateau ! – et fourrée dans une cabine. Pourquoi est-ce qu'on part, Maman ? Pourquoi maintenant, avais-je sangloté, alors que je me suis enfin fait des amis, que j'ai dansé mon premier tango ? Son regard impitoyable m'avait fait taire aussitôt...

Peut-être même avait-elle voulu divorcer de mon père. Je l'ignore. Ma scolarité lui avait sans doute juste servi d'excuse pour rentrer en France, et quitter Marko, ne serait-ce que provisoirement. Elle ne croyait plus en ses promesses, elle ne s'était jamais habituée à Buenos Aires. L'un d'entre nous doit se sacrifier pour l'avenir de Dora, avait-elle dit. Il faut prendre une décision. Dora n'est plus une enfant, nous devons penser à ce qui est bon pour elle, avait-elle ajouté alors qu'ils étaient couchés. Mon père était étrangement muet. Peut-être avait-elle aussi ajouté quelque chose que je n'avais pas pu ou que je ne devais pas entendre, car j'étais trop jeune pour comprendre. Comment est-ce que tu sais ce qui est bon pour elle ? avait-il demandé après un long silence. Je suis une femme, Marko, je suis sa mère. Je le sais mieux que personne, avait répondu Julie, et j'avais senti dans sa voix de la tristesse.

Du voyage, je ne me souviens que des nuits, du scintillement de l'eau, de l'énorme silhouette du bateau. Je me souviens du bruit du moteur, de la côte qui s'éloigne, et de la sensation du sol qui se dérobe sous mes pieds, et qui me fait tourner la tête. Ensuite, du léger roulis de la cabine, pas celui qui berce, celui qui incommode. Les premiers jours du voyage, j'ai la nausée. Je dors, ou je fixe le plafond de la cabine en essayant de fuir dans une autre *réalité*. Maman me console et me promet que la nausée va passer. On va à Paris, Dora, Paris ! Comme s'il s'agissait d'un superbe cadeau. Je ne partage pas son enthousiasme. Ils m'ont arrachée à ma maison, à mon école, à une de mes langues – comment pourrais-je me réjouir ?

Maman avait-elle raison ? Est-ce que j'étais, après tout, une *francesa* ? Est-ce que toutes les femmes avaient ça en elles ? Tandis que nous naviguons, enfermée dans la cabine, je me torture avec des questions sans réponses.

Aujourd'hui, à mon âge, et après les expériences que j'ai eues avec des hommes et avec des femmes, les réponses à ces lointaines questions sont imprimées dans ma peau. De fait, si j'ôtais mon chemisier, on pourrait peut-être voir les piqûres et les coupures, les traces de fouet et les marques de coups, les bleus, les brûlures, les morsures... Mais les coups les plus violents sont restés invisibles. Sauf peut-être pour des spécialistes. Comme le Dr Lacan, qui a pour domaine d'expertise les cicatrices internes, particulièrement sur la psyché féminine. Bien que le corps et l'esprit soient liés, je préférais subir les coups de l'homme que j'aimais qu'un seul et unique regard méprisant de sa part. L'humiliation fait bien plus mal.

Stop, me dis-je, arrête-toi. Il n'y a aucune urgence. Tout viendra en temps voulu.

Aujourd'hui, en ce paisible dimanche de septembre, j'ai relu tout ce que j'avais écrit. Le récit de mon enfance argentine vient naturellement sous ma plume. La peur panique de la page vide, quand j'ouvrais le cahier autrefois, a disparu. J'espère que je vais tenir bon, que je ne vais pas abandonner à nouveau. Même si j'ai un peu peur de ce qu'il me faut à présent raconter.

* * *

Ma première impression de Paris a été l'odeur de la gare. Maman et moi étions arrivées tôt le matin. Le mélange de fumée et d'humidité, ainsi que ce relent particulier de suie et de fer rouillé qui se sédimente dans toutes les gares, m'avaient saisie dès que j'étais descendue sur le quai mouillé de pluie. Certes, Paris m'était inconnu, mais proche également. À l'instant où nous étions sorties dans la rue pour héler un taxi, j'avais plongé dans ma langue maternelle comme dans une baignoire remplie d'eau chaude. C'était un sentiment déconcertant. Je me sentais emmitouflée dans le français comme dans un vêtement bien chaud qui me procurait un sentiment de sécurité et de protection. Paris m'avait prise dans ses bras. Mon espagnol s'était mis en veille, repoussé quelque part dans un coin de ma mémoire, et avec lui, mon identité argentine avait fondu. Sous le manteau de la langue française, je me sentais nue les premières semaines.

Julie parut satisfaite dans un premier temps, je dirais presque qu'elle renaissait. Mon père envoyait régulièrement de l'argent de Buenos Aires, jusqu'à ce qu'il nous rejoigne lui aussi à Paris. Je fréquentais le lycée Molière. Maman pouvait respirer. Elle avait soustrait sa fille au danger imminent auquel elle se trouvait exposée par amour du tango. Moi aussi, j'étais satisfaite : j'avais enfin une vraie chambre pourvue d'une porte en bois. Ces cloisons qui n'en étaient pas – la porte vitrée et le rideau blanc – et l'espionnage avaient disparu de ma vie. Pour toujours, croyais-je.

Avant qu'il ne quitte Buenos Aires, j'allais rendre visite à mon père au moins une fois par an, en bateau. Si les voyages étaient longs et parfois pénibles, mon père me manquait vraiment, sa chaleur, son soutien quotidien et sa confiance en moi aussi. Je lui écrivais de longues lettres en croate et en espagnol, que j'ornais de dessins. Je n'étais plus sa petite fille – c'est du moins ce que je pensais – mais mes lettres, d'une certaine manière, étaient encore celles d'une enfant.

Autre chose me manquait depuis mon déménagement à Paris : le sentiment d'appartenance. Étrange sensation, car en Argentine non plus, je n'avais pas de racines. Nous avions fait partie d'une vague d'immigration, avec beaucoup d'autres Européens, mais nous nous comportions comme des privilégiés. À Paris, être étranger n'était pas un privilège, je l'avais senti dès les premiers jours à l'école. Même si j'étais née française, j'avais grandi sur un autre continent, je parlais l'espagnol en plus du français, mais aussi le croate, encore plus exotique, j'avais voyagé par-delà l'océan... Mon expérience également me rendait différente. J'étais plus mûre que les filles de ma classe, qui n'avaient jamais connu que Paris. Pour toutes ces raisons, on pensait que j'étais prétentieuse. Quand j'avais commencé à apprendre à mes camarades à danser le tango, à jurer en espagnol et à fumer, mon statut avait changé du tout au tout !

Au début, j'avais été troublée par cette pluralité des identités, une de plus à ajouter à celles que j'avais déjà. En France, venir de la lointaine Argentine n'était en rien un avantage, et encore moins si ton père était originaire d'un petit pays inconnu. Dans la société parisienne où Julie et moi évoluions à l'époque, les étrangers appartenaient à un autre milieu social. Même si Maman, la seule qui n'était pas étrangère ici, faisait tous les efforts du monde pour que je sois à l'aise, je ne me sentais vraiment française que lorsque je rendais visite à mon père à Buenos Aires. Là-bas, je devenais quelqu'un d'autre, vive et loquace, tandis que je parlais avec fougue de la mode et la peinture françaises – comme mon père l'avait fait avec l'architecture.

Mon apparence qui évoluait me troublait également. Ma mère, qui avait le visage fin bien que peu remarquable, privilégiait l'élégance avant tout. Moi, grande et vigoureuse, je ressemblais de plus en plus à mon père. Julie y voyait ce quelque chose de visiblement différent qui trahissait en moi l'étrangère, la slave. Elle l'avait identifié dans mon caractère difficile et entêté, mais aussi repéré dans mon corps. Ma stature harmonieuse, mais bien bâtie, n'avait pas la gracilité française. Parfois, elle lançait avec ironie : oui, tu as ses traits réguliers, mais ce menton appuyé qui suggère l'insolence, ce maintien droit, légèrement orgueilleux... d'où cela vous vient-il ? Ton père, ce grand monsieur, n'est que l'enfant naturel d'une vulgaire servante. Mais à ce port de tête, on croirait qu'il est un prince, et toi une reine !

Maman trouvait toujours des moyens de me rabaisser à cause de mon père. Elle n'avait pas invité sa propre famille au mariage à Rijeka pour qu'ils ne voient surtout pas l'inscription « né de père inconnu » sur le certificat de naissance de son mari. Quant à sa mère, il n'en parlait jamais. Elle s'appelait Barbara, je ne savais rien de plus. Julie m'avait interdit de poser des questions sur sa famille, car cela déclenchait chez mon père des accès de rage. J'avais toujours eu le sentiment que mon père fuyait quelque chose de son passé. Maman n'avait pas particulièrement envie de s'étendre sur le sujet, et je détestais quand elle me parlait comme ça de mon père. Moi aussi, je passais ma famille sous silence. Pour ne pas avoir à expliquer l'origine de mon nom de famille. Il m'était arrivé la même chose qu'à lui : mon nom de famille singulier, dans mon nouvel entourage, était perçu comme juif. Blessé quand on lui posait la question, il demandait ensuite avec colère à la maison : mais est-ce que je ressemble vraiment à un Juif ? Tout comme lui, je me protégeais des questions sur mes origines par le secret.

* * *

J'avais pris mes premières photos à douze ou treize ans, à Buenos Aires. J'allais sur le port avec mon père, et je photographiais les bateaux, les marins, les cales, les ponts. C'était lui qui m'avait offert mon premier appareil photo. Encore aujourd'hui, j'aime que rien dans ces clichés n'indique qu'ils ont été pris par une petite fille. On y voit le jeu entre la lumière et l'ombre, les surfaces nettes et les formes, l'objet en lui-même n'ayant pas de signification particulière. Inconsciemment, j'avais déjà compris l'essence de la photographie. Avais-je jamais eu un regard d'enfant innocent ? À moins que le don de la photographie n'exclue d'emblée la notion d'innocence.

Je me suis mise sérieusement à la photographie, peut-être parce que mes nouvelles connaissances parisiennes me négligeaient. Même si ce n'était pas intentionnel de leur part, mon nom, ma langue, mes centres d'intérêt, et même mon apparence, tout m'isolait et suscitait en moi un sentiment de non-appartenance. J'étais nouvelle, étrangère, trop sensible. Il me fallait un nouveau refuge. Je me suis trouvé un abri derrière un appareil photo. Dans l'observation des gens derrière l'objectif. Peut-être parce que les photographies révélaient le visage caché que moi seule voyais.

Peux-tu me le décrire ? m'avait demandé Jacques quand je lui en avais parlé. J'avais éludé la question. Qu'aurais-je pu lui dire ? Que le visage caché des hommes ne se voit que sur les photographies, si tu saisis l'instant précis où ils se dévoilent ?

J'ignore si mon père avait compris mon besoin de me retrancher derrière mon appareil photo. Malgré l'opposition de Julie, il m'a soutenue dans mon choix quand, après le lycée, je me suis inscrite à l'École des arts décoratifs, En bonne bourgeoise, elle abhorrait la vie de bohême où une telle formation menait immanquablement. Maman voyait dans mon intérêt pour l'art une porte vers de mauvaises fréquentations, celle des ivrognes, fainéants et autres individus louches. Elle se consolait en se disant que cette lubie ne pouvait durer bien longtemps. Tu viens tout de même d'une famille bien, essayait-elle de se persuader. Mes motivations ne l'intéressaient guère, mon comportement incompréhensible était pour elle le reflet de mon entêtement manifeste et de mon insubordination. Pauvre Julie, douce et docile esclave des conventions sociales. Elle vivait écartelée entre ses valeurs petites-bourgeoises, les idées grandioses de mon père qui n'avaient quasiment jamais porté les fruits escomptés, et mon attirance pour la vie de bohème. Elle ne nous comprenait pas, ce qui l'attristait et l'esseulait. Elle ne trouvait de consolation que dans la prière et dans ses entretiens avec le père Jean, pour lesquels elle traversait la ville.

En plus des Arts-Déco et avant d'intégrer l'école de photographie, je prenais des cours de peinture chez André Loth, le meilleur professeur de ces années-là. Les cafés ont joué un rôle presque aussi déterminant. Dans les années trente, toutes sortes de gens intéressants s'y retrouvaient, Henri Cartier-Bresson, Brassaï et Pierre Kefer, avec qui j'ai failli monter un studio de photo. Sans parler du scénariste et monteur Louis Chavance, qui était amoureux du cinéma, mais aussi de moi. Nous avons eu une brève liaison, car alors déjà, je ne voulais me lier à personne. Assistante du photographe de mode Ossip Meerson, je voyageais à Barcelone et à Londres, je me passionnais pour la photo de presse, autant que pour la photo de mode et d'art. Je courais alors partout, mon Rolleiflex autour du cou, je m'intéressais davantage à mon appareil qu'aux hommes. Mon appareil était une partie de moi, un prolongement de mon œil et de ma main. Les hommes étaient des amis, distrayants ou ennuyeux. Le temps passé avec eux était à mi-chemin entre le club de débats et la beuverie.

À l'époque, le matériel photographique était encore lourd. Peu de femmes l'emportaient partout avec elles.

Mais le Rolleiflex que m'avait offert mon père était petit et facile à porter. Il ne m'avait pas fallu longtemps pour convaincre mon père. Peut-être avait-il reconnu en moi l'ardeur créatrice qu'il possédait lui-même. Mes yeux s'illuminaient quand je parlais de photo. Il ne m'a jamais dit ouvertement qu'il voulait que je choisisse une profession bourgeoise « normale ». Une seule fois, il m'a interrompue au milieu de ma phrase, et doucement, en me tenant la main, de la voix tendre qu'il réservait à sa petite chérie, il a avancé : Dora, tu dessines très bien, tu as un grand don d'observation, tu pourrais être architecte, tu pourrais faire tant de choses. Pourquoi précisément la photographie ? J'avais secoué la tête. Crois-moi, je sais ce que je veux. La photo, c'est ma vocation. Parce que mon appareil me donne la possibilité de décider, moi. Il m'importe d'être celle qui étudie les autres, et pas celle que les autres étudient. La photographie me permet non seulement de voir la réalité comme j'en ai envie, mais aussi d'en créer une nouvelle. C'est vital pour moi de créer, papa.

Je me souviens, ce jour-là, nous étions dans son café préféré à Buenos Aires, le même que nous fréquentions pendant que nous vivions tous les trois là-bas. Mon père avait fixé un point quelque part dans le lointain, et s'était tu. Je n'étais plus une enfant, sa Dorica derrière la porte vitrée, son bonheur matinal. Pourtant, nos personnalités nous rapprochaient, peut-être encore plus que le fait que nous étions père et fille. À présent, il me semble que je peux reconstruire ses pensées derrière son silence. Jeune étudiant à Zagreb et Vienne, il s'était complètement absorbé dans son travail, il avait été talentueux, plein d'énergie et de projets – comment, sinon, aurait-il eu toutes ces importantes commandes ? Il savait exactement ce qu'il voulait, tout comme moi. Comme tous ceux qui sentent en eux une vocation à laquelle il est impossible de résister.

En fixant ce point imaginaire, mon père voyait peut-être encore plus loin. Il savait que le seul désir et la conviction ne suffisaient pas pour réussir. Que si on ne possédait pas la cruelle volonté de se choisir avant les autres, le quotidien vous broyait. Que pour les femmes, il était difficile de percer dans n'importe quelle profession, particulièrement artistique, toutes douées et obstinées qu'elles soient. J'avais du talent, mais il ne savait pas si j'avais suffisamment d'endurance pour réaliser mes visions. Allais-je changer quand je trouverais sur ma route un homme, la perspective d'un couple, d'un enfant ? Une telle chose ne manquerait pas de se produire, pensait-il, comme cela lui était arrivé à lui. Ce jour-là, je l'avais mis devant un ultimatum : soit il m'aidait, soit je me battrais sans lui. Incapable de me laisser affronter seule les difficiles obstacles qui m'attendaient sur le chemin, il avait cédé.

* * *

L'appareil à la main, je me sentais enfin bien. Il me procurait un sentiment de sécurité et de plaisir. Ou peut-être de pouvoir. Ou de plaisir dans le pouvoir, pourquoi pas ? dirait sans doute Jacques. J'aimais photographier, choisir mes modèles, le lieu et la lumière, les positionner pour obtenir l'effet voulu, en criant des ordres. Comme mon père quand il lançait des instructions aux ouvriers, tout en haut sur les échafaudages. Comme si mon père parlait à travers moi. Comme s'il m'avait prise par la main et me contraignait à la discipline, au travail, à l'assiduité et à la passion. La même ferveur que celle qui l'avait emmené dans le monde, loin de sa pauvre mère et de son pauvre pays. Oui, aujourd'hui, j'en suis tout à fait certaine : ce qui m'a attirée dans la photographie, c'est la possibilité de décider. Mais si telle est la vérité, comment se fait-il que j'aie laissé tomber à la première occasion ? Pourquoi y ai-je renoncé ?

Je dois absolument revenir sur ce point. Cependant, je me souviens qu'une fois, Jacques m'a dit de ne pas m'inquiéter : si une chose était importante, elle finissait toujours par remonter à la surface.

À la différence de ma fréquentation des hommes, je prenais la photographie au sérieux. Avec mon appareil, je ne m'ennuyais jamais en société. En prenant une photo, je pouvais créer une histoire. Bientôt, j'ai commencé à travailler sur commande. D'abord pour des photos de mode. J'aimais ce travail, sans doute à cause de Maman qui adorait cela. J'avais commencé à porter des chapeaux, comme ceux que Maman n'arrivait pas à vendre à Buenos Aires parce qu'ils étaient trop étranges. Ornés de plumes d'autruche ou de nœuds de velours et de tulle, ou ces petits bibis en dentelle noire comme en portaient les veuves, les veuves coquettes, bien sûr. Sur mes photographies pour les magazines, je voulais obtenir des lignes pures, quasiment géométriques. Je m'efforçais de produire un contraste entre l'ombre et la lumière, le noir et le blanc. Ainsi photographiés, les modèles avaient l'air sévère, froid et élégant. Comme des objets, en quelque sorte secrets et inaccessibles, comme ce que je désirais être.

Le corps nu, également, était un défi. Notre modèle favori de l'époque se nommait Assia. Quand elle retirait ses vêtements, elle était l'incarnation de la perfection du corps féminin. Sa peau était lisse comme la surface d'une eau calme. Avec le concours de la lumière, son corps se changeait en statue de marbre sur les clichés. Mais dans la rue, personne ne l'aurait reconnue. Elle était une jeune femme ordinaire qui ne se distinguait en rien.

Devant la vision qui m'obsédait, je me transformais en œil. Le reportage m'intéressait tout autant que les photos élégantes et glamour en studio. À Londres, c'étaient les mendiants et les fous, à Barcelone, les aveugles, à Paris les enfants, les vieux, les musiciens de rue, les pauvres.

La misère me bouleversait. Par l'intermédiaire de mes photographies, je voulais qu'elle touche aussi les spectateurs, qu'ils la voient réellement. Rien n'était trop éprouvant pour faire un bon reportage. Une fois, je pense que c'était au début des années trente, je m'étais lancée avec deux photographes dans l'ascension du massif des Grandes Rousses pour rencontrer des mineurs en grève. L'ascension était très raide, je n'avais aucune expérience de l'alpinisme. Je me souviens très bien que je tombais, encore et encore. Mais rien n'aurait pu me détourner de mon but. Tandis que je progressais lentement, presque à quatre pattes, que mes vêtements gorgés de sueur se collaient à ma peau et que mon souffle gelait, il ne m'est même pas venu à l'esprit de rebrousser chemin sans avoir accompli ma tâche. Quand notre petit groupe est enfin arrivé au sommet, les mineurs à l'air sombre m'ont regardée comme une apparition. Que venait faire une femme dans cette nature inhospitalière ? Et une photographe pardessus le marché ? Dans leurs visages couverts de suie où ne brillaient que les yeux, mon objectif a, outre la colère, capté quelque chose de leur stupéfaction. Peut-être même un peu d'admiration.

Peu importe si je prenais des photos de mode, publicitaires, érotiques ou documentaires : quand je travaillais, je me consacrais tout entière à ma tâche. Bientôt, je suis devenue Dora Maar. En changeant de nom, j'ai aussi changé d'identité. Je n'étais plus Theodora Markovitch, cette enfant timide qui avait grandi sous la surveillance des ombres parentales derrière le rideau. Je ne me réduisais plus à cette brune exotique aux cheveux courts à l'air un peu trop hautain et au port de tête orgueilleux.

Je devais cette métamorphose à mon ami Man Ray, ou Emmanuel Radnitzky, qui m'avait persuadée de changer de nom, ainsi que lui-même l'avait fait. En Amérique, ce n'était pas inhabituel, son nom de Juif russe était difficile à prononcer là-bas. De plus, il voulait se distancier de sa famille. À Montparnasse, à La Rotonde où nous nous retrouvions tous les jours, on racontait de toute façon que j'étais péruvienne. Ensuite, Max Jacob m'avait appelée l'Étrusque. Je ne pouvais pas fuir totalement mon apparence et mon nom de famille exotiques, mais je pouvais souligner encore davantage le secret de mes origines, en me comportant comme un sphinx égyptien. C'est ainsi que j'avais décidé de ne pas parler de ma famille. Les gens pouvaient bien penser ce qu'ils voulaient. Et de fait, je pouvais être n'importe qui, étant donné que de toute façon, on ne me laissait pas être ce que j'étais.

J'en ai rapidement compris les avantages. Une femme venue d'un pays lointain devenait particulière, et son exotisme intéressant en soi. La meilleure illustration en est sans doute la photographie de Man Ray où il m'a prise en princesse indienne, avec une coiffe de plumes, les yeux mystérieux, la main aux ongles parfaitement manucurés au premier plan, qui suggère une danse séductrice. Ce portrait a déterminé ma vie : quand Picasso l'a vu, il est tombé amoureux. De la princesse indienne, pas de moi.

* * *

Je me sentais bien dans ma nouvelle peau. En tant que Dora Maar, j'étais une personnalité à ma mesure. Je l'avais taillée moi-même, j'avais enfin créé le moi que je voulais être. J'étais entourée de gens qui étaient mes amis, avec lesquels je travaillais, et qui m'estimaient. Ces années-là, j'ai aussi commencé à gagner de l'argent. Pas beaucoup, mais à l'époque, nous vivions modestement. Les cigarettes et le vin rouge ne coûtaient pas grand-chose. Les bistrots où nous nous retrouvions étaient bon marché. Le soir, nous étions une dizaine à nous presser autour d'une table à La Rotonde. Mon meilleur ami, le très distingué Paul Éluard, sa compagne Nusch, André Breton et ma bonne amie, sa femme Jacqueline Lamba, l'actrice Sylvia, Michel Leiris, les frères Prévert... Nous imaginions ensemble des textes complètement farfelus qui nous faisaient mourir de rire. Ou nous parlions de politique. Nous nous étions organisés en groupes : *Octobre, Masses* et *Contre-Attaque.* Je m'intéressais beaucoup à la politique, ou plutôt, comme beaucoup d'entre nous, je m'intéressais à l'injustice. Certains étaient anarchistes, d'autres des communistes convaincus. Nous organisions ensemble des manifestations, signions des pétitions. Partout, où que je sois, en France, en Espagne comme en Angleterre, je voyais trop de misère pour rester indifférente et passive. C'est ainsi que, par exemple, dans le groupe *Octobre*, où nous étions rassemblés autour de Jacques Prévert, nous montions des pièces de théâtre pour la classe ouvrière.

Il m'est difficile d'évaluer quelle était la place de l'idéologie dans notre groupe, car en réalité, nous nous amusions énormément. Mais Hitler était déjà arrivé au pouvoir. Nous pressentions que le monde où nous vivions était en train de changer de manière dramatique. Notre petit cercle représentait le mouvement surréaliste, et promouvait cet art : Breton dans ses textes, Éluard dans sa poésie, Bataille dans ses réflexions sur le mal. Ce qui était surréaliste en réalité, c'était le monde qui nous entourait.

Curieux comme des enfants et, créant dans l'interstice entre l'ancien et le nouveau, nous expérimentions à travers tout : la prose et la poésie, la peinture, la sculpture et la photographie. Nous nous étions débarrassés de la morale petite-bourgeoise avec la même facilité que Picasso, Giacometti ou Mondrian s'étaient détachés de la peinture et de la sculpture du XIXe siècle. Nous pressentions déjà que la violence imaginaire à l'œuvre dans l'art, ces obscurs désirs de l'inconscient que développait Bataille, l'utilisation que Breton faisait de la langue, les thèmes dont traitait Éluard, se concrétisaient dans la réalité. Nous n'inventions rien d'original, nous nous contentions, par nos sens aiguisés, d'articuler ce que nous ressentions – l'esprit du temps qui régnait déjà. Le surréalisme, comme André avait nommé notre mouvement, était un rêve, un pressentiment, l'annonce des forces sombres en devenir, celles qui allaient bientôt tous nous soumettre.

* * *

Et puis, Picasso.

Picasso, même s'il n'était membre d'aucun groupe ni d'aucun mouvement, était dans son art déjà très en avance sur nous tous. Nous étions fort jeunes, et nous le considérions, du haut de ses cinquante ans, comme un vieux. Mais son art était pour nous le symbole d'une ère nouvelle, d'autant plus que les critiques conservateurs le qualifiaient de décadent. En 1932 déjà, Carl Gustav Jung l'avait mentionné – bien que plutôt prudemment – dans ses écrits. Nous connaissions bien ce texte, dans lequel il évoquait deux types de patients, les névrotiques et les schizophrènes, rangeant la peinture de Picasso dans la deuxième catégorie. Il y décrivait la personnalité de Picasso comme étant attirée par le sombre, le démoniaque, le luciférien. Ce texte avait suscité tant de malentendus que Jung avait dû, en 1934, lui ajouter une postface, expliquant qu'il s'agissait avant tout du point de vue d'un psychiatre.

De la Période bleue de Picasso, mon tableau préféré était *La chambre bleue*, de 1901, à cause de la mélancolie qui se dégageait de chaque coup de pinceau. Mais également en raison du rapport presque tendre du peintre au corps féminin, fragile dans sa pâleur, dans sa manière de se courber en se lavant dans un baquet au milieu d'une chambre modeste. Cette même année, il avait aussi peint *La folle aux chats* : une femme nue et maigre dont on ne pressent qu'elle est dérangée qu'à la manière dont elle s'est convulsivement recroquevillée sur un lit à côté de chats noirs. Seule, abandonnée, misérable corps osseux. Ce n'est qu'aujourd'hui, après ma propre expérience, que je comprends son égarement. Et je n'avais même pas de chat ! Si j'en avais eu un, je me serais peut-être sauvée. Mais, bien entendu, ce choix ne fait que révéler mon attirance actuelle pour la figuration, et donc ma non-modernité ! Même si, comme tout mon entourage, j'avais par la suite accepté les phases ultérieures de Picasso avec un ravissement qui frôlait l'adoration. Nous le voyions comme une sorte d'être surnaturel, comme une divinité. Et une divinité se vénère. Il s'est avéré qu'en réalité, je n'avais pas compris le lien fait par Jung entre la peinture de Picasso et sa personnalité. Pas encore, pas alors…

Après une pause d'environ un mois, je relis ce que j'ai écrit jusqu'à présent. J'ai l'impression de me hâter à nouveau. Comme si je voulais expulser de moi le plus vite possible ce que j'ai à dire sur Picasso, de peur de reculer et de me taire à nouveau…

Certaines d'entre nous, Jacqueline Lamba, Lee Miller, Valentine Penrose, Alice Rahon, Leonor Fini et moi-même, ne nous contentions pas de fréquenter les surréalistes. Nous faisions partie du mouvement, nous collaborions aux revues et aux expositions. Mes photographies ont figuré dans des expositions collectives à Tenerife en 1935, à Londres en 1936, ainsi qu'à New York, Tokyo et Amsterdam en 1937 et 1938. Je me rappelle ces amies fantastiques, ces photographes, peintres et actrices talentueuses… Notre problème était que nous n'avions ni modèles, ni prédécesseures. Autre chose aussi nous barrait la route. La mode n'était pas uniquement à la déconstruction de la langue, de la peinture, des formes d'art, mais également de toutes les normes de comportement, y compris sur le plan sexuel. Il ne suffisait pas d'être remarquée, d'avoir un nom. Dans notre cercle, on ne gagnait pas son statut particulier que par son écriture, sa peinture ou sa photographie, mais aussi par son attitude. Se comporter de manière « moderne », pour nous les femmes de ces années-là, cela signifiait se comporter encore plus radicalement que les hommes. Partir dans les extrêmes non seulement en termes de dévergondage, mais également en transgressant des règles qui avaient été édictées par les hommes. Dans notre cercle, les idées romantiques sur l'amour ou la pudeur ne suscitaient que des sourires ironiques. Elles ne pouvaient durer bien longtemps. Dans les années trente, les filles changeaient de partenaire sans résister ni réfléchir, car c'était moderne.

Chez les surréalistes, la liberté sexuelle était davantage un statut social qu'une question de choix, surtout pour nous les femmes. Avec ces « jeux », nous testions les limites de la liberté. La dissociation entre l'amour et le sexe. Des sentiments, nous disions qu'ils n'étaient pas nécessaires, et qu'il était même souhaitable de les éviter. Nous tenions la fidélité dans le couple pour un comportement petit-bourgeois. Bizarrement, mes amies – Sylvia, Jacqueline, Nusch – se sont tout de même mariées, comme si ces couples modernes et avant-gardistes n'avaient, malgré tout, pas voulu vivre ensemble sans attestation officielle ! Souvent, comme Sylvia, elles tombaient amoureuses et épousaient un homme, puis un autre de notre groupe. Peut-être qu'en raison de ma stricte éducation, j'étais plus sensible que les autres à l'abolition des normes morales. Bien entendu, peut-être précisément à cause de cette éducation, je voulais moi aussi m'essayer aux aventures sexuelles. Pour moi, c'était davantage un défi que pour elles, parce que je n'étais pas sûre de moi. Pour m'affirmer dans ma nouvelle « famille » artistique, heureuse qu'elle m'ait accueillie à bras ouverts, je me devais d'être encore plus radicale que mes amies.

C'est ainsi que j'ai entamé une liaison avec Georges Bataille, l'homme qui avait osé aller le plus loin dans ses fantasmes sexuels. Être avec lui, c'était s'aventurer dans une jungle pleine de bêtes sauvages. Cela signifiait être courageuse, et s'exposer à l'inconnu. J'étais plus attirée par ce pressentiment du danger mystérieux qu'il représentait que par sa personne. Georges n'était pas un homme pour lequel j'aurais perdu la tête. Il avait piètre allure, toujours les yeux larmoyants, et il bavassait sans arrêt. Mais il avait cette aura de mystère qui attirait les femmes. On parlait de lui dans les cercles que je fréquentais, cette esthétique du répugnant nous titillait. Des histoires circulaient sur ses expérimentations sadomasochistes, sur son amour du sacrifice humain, sur son penchant pour le mysticisme et son esthétique radicale. Dans quelle mesure avait-il mis ses théories en pratique ? Je l'avoue, j'étais plus curieuse qu'amoureuse de Bataille.

Mais à lui aussi, comme à tous les écrivains, il faut laisser la possibilité qu'une partie de ce qu'il a décrit dans ses livres ait été inventé[6].

Certains de mes amis ont peut-être cru – c'est ce qui se disait – que Xénie, la voisine de Troppmann, le personnage du roman, c'était moi. Je l'ai dit à Jacques, une fois. Peut-être que lui aussi l'a pensé ? J'ai décelé sur son visage de la curiosité maquillée de professionnalisme. Je le connaissais bien, Jacques ! Il n'était pas si différent de mes amis. Ils avaient aussi envie de savoir ce qui s'était passé au juste entre Georges et moi. Mais il est le seul à qui j'en ai parlé. Par ailleurs, Sylvia et lui attendaient justement un enfant, il était donc naturel que l'ex-mari de sa

---

6. C'est ici le seul endroit du cahier où trois pages sont arrachées. Nous supposons que Dora pense alors au roman de Bataille *Le Bleu du ciel*, dans lequel, soi-disant, un personnage la représente, mais nous n'en avons pas de preuve. (Note de l'autrice.)

compagne lui trotte dans la tête. Lui avait-il demandé tout ce que Georges avait exigé d'elle ? Lui avait-elle expliqué pourquoi elle l'avait quitté ? Je suis certaine qu'elle ne t'a pas tout raconté ! Tout ce que je peux te dire, c'est qu'en le quittant, nous avons toutes les deux eu le sentiment de sauver notre peau, voilà ce qui était en jeu. Il était impossible de le suivre, ou plutôt de suivre ses fantasmes sexuels, jusqu'au bout. Lui-même ne pouvait pas les suivre, même s'il s'efforçait de repousser les limites entre ses fantasmes et la réalité – lui ai-je dit.

Georges s'est intéressé à moi avant tout à cause de mes photographies, à mon avis. Il avait compris que moi non plus, je n'étais pas tout à fait innocente. Je faisais des photos érotiques sur commande, je savais ce qu'était le voyeurisme. Mes photos étaient déjà pour lui un objet d'admiration : *29 rue d'Astorg, Ubu, Silence.* Deux clichés lui plaisaient particulièrement, il s'agissait de jambes de femme entre lesquelles pendait une longue mèche de cheveux. Suggestives, peut-être même lascives, mais extrêmement stylisées. Il en avait conclu que nous avions le voyeurisme en commun. Et cela nous avait jeté dans les bras l'un de l'autre.

Je savais qu'il m'attendrait avec une surprise, c'était son arme : stupéfier la victime qui resterait paralysée. En son pouvoir, telle une mouche dans une toile d'araignée. Mon arme à moi, c'était mon visage impassible, qui ne trahirait pas une once d'étonnement. Cela troublait et effrayait tous les hommes, sans exception. Lui aussi, bien sûr.

Nous fréquentions les mêmes cercles, Michel Leiris, les frères Prévert… La femme de Georges, la superbe actrice Sylvia Maklès – qui l'avait fui – était mon amie. Il ne voyait aucun problème à m'inviter chez lui alors même que Sylvia y habitait encore. Ce jour-là, j'étais entrée dans la cour puis dans le sous-sol de leur maison à Issy-les-Moulineaux.

Je l'avais trouvé assis, à feuilleter sa collection de magazines pornographiques. Levant ses yeux humides vers moi – j'avais toujours l'impression qu'il était sur le point de fondre en larmes – il avait dit, dans l'intention manifeste de me choquer : Assieds-toi à côté de moi, j'ai quelque chose à te montrer. Il était important pour lui de me déstabiliser. Comme mon visage n'avait trahi aucune émotion, il s'était senti défié. Avec un sourire mauvais, il m'avait attrapé la main et l'avait posée sur son entrejambe. Au lieu de la retirer, j'avais serré fermement. Il m'avait lancé un regard surpris. Tel avait été le début de notre relation. En guise d'introduction théorique, il m'avait lu des passages particulièrement pénibles de son livre *Histoire de l'œil*, comptant sur le fait qu'ils allaient tant me dégoûter que je ne pourrais que montrer cette répugnance. La lecture de ces passages était une sorte de rite initiatique. Je ne lui avais pas fait ce plaisir. J'avais décidé de lui prouver, ainsi qu'à moi-même, que je pouvais supporter cela.

À mes yeux, Georges était un petit garçon mal aimé et esseulé, incapable de se libérer de son sentiment de responsabilité envers son père aveugle, qui se mourait seul, abandonné de sa femme et de son fils. Il était rongé par des remords dont il n'a jamais réussi à se débarrasser. Je ressentais pour lui de la tendresse et de la pitié. Mais il lui en fallait davantage. Je n'étais pas suffisamment radicale dans l'abolition des normes érotiques – comme on disait à l'époque – car je n'étais pas prête à être une victime dans son petit théâtre obscène. Le sexe, pour Georges, outre un moyen de prouver sa supériorité, était avant tout une représentation, une tentative d'incarner ses fantasmes devant les autres. Georges vivait pour ses mises en scène. Tout juste si le sexe sans public l'intéressait, il préférait écrire sur le sujet.

Par ailleurs, son irrépressible logorrhée me tapait sur les nerfs – il parlait trop, sans interruption. À table, au lit, en public et en privé, en société et dans l'intimité. Il bavassait et bavassait à n'en plus finir ! Je le soupçonnais, quand il n'avait pas d'interlocuteur, de s'adresser à lui-même devant le miroir. Après un certain temps, il était devenu impossible de suivre ce torrent de mots. J'avais dû développer une technique de surdité volontaire pour pouvoir supporter sa compagnie.

Malgré tout, je sais exactement ce qu'il m'a apporté. Ma liaison avec Bataille m'a révélé quelque chose de nouveau, jusqu'alors inconnu : les transgressions qui éveillent l'excitation. En réalité, notre relation satisfaisait ma curiosité. Avec lui, j'ai appris ce que c'était d'être une vraie *francesa*, une dame qui exauce les désirs des messieurs sans remords ni culpabilité. Je suis partie quand cette curiosité a été assouvie. De toute façon, je n'étais pour Bataille qu'un défi de courte durée.

Georges m'a révélé ma vraie nature : j'étais de ceux qui aiment davantage observer que participer, qui prennent du plaisir à regarder. Dans notre cercle, être la maîtresse de Bataille était comme porter une médaille. Une femme qui avait survécu à une relation avec cet homme dangereux éveillait l'intérêt. Une sorte de réputation trouble l'accompagnait, ainsi que messes basses, conjectures, regards curieux, et autres allusions lascives. C'était une gloire sombre que je n'avais pas tout à fait méritée, mais dont j'ai tiré profit. J'étais devenue précisément ce que je voulais être – une femme plus expérimentée que les autres. Et mon silence sur les détails de ma liaison avec lui me rendait encore plus mystérieuse.

J'ai beaucoup hésité : qu'écrire, et que taire sur Georges ? Ma rencontre avec lui a été cruciale, car elle m'a permis de comprendre qui j'étais. Devrais-je livrer tous les artifices, les expériences qu'il m'a fait subir, ce que j'ai consciemment éludé ? Je devrais sans doute y réfléchir à nouveau.

* * *

Après ma relation avec Bataille, j'ai joué avec le rôle de la *francesa*.

Aux yeux du Paris artistique, j'étais une reine. Fière, reconnue, célébrée, possédant son propre atelier. On m'enviait. À la maison, il y avait toujours Maman, qui attendait que je « revienne à la raison ». Quel paradoxe ! Il fallait en prendre son parti, il fallait savoir jouer à la petite fille tout en étant adulte, très adulte.

J'avais presque trente ans, et Maman ne cessait de me mettre en garde. Ne fais pas ci, donne-moi ça, fais attention, réfléchis, sois raisonnable. Elle m'attendait. S'inquiétait. Rien n'avait changé dans notre relation. Elle ne pouvait s'endormir avant d'avoir entendu mon pas dans la cage d'escalier. Je lui hurlais dessus, lui criait de me ficher la paix, mais je ne pouvais pas la laisser seule.

Nous avons vécu ensemble jusqu'à sa mort. Ce soir-là, Paris était encore occupé, elle m'a appelée chez Picasso. Je posais pour un portrait. Il n'aimait pas que je me lève de ma chaise pendant la séance, cela troublait sa concentration. J'ai crié au téléphone. À un moment donné, elle s'est tue. Le silence s'est prolongé. Ce n'était pas la première fois qu'elle agissait ainsi. J'ai raccroché avec colère et je suis retournée poser. Même si j'avais voulu aller la voir, je n'aurais pas pu, à cause du couvre-feu. Le lendemain, quand je suis entrée dans l'appartement, j'ai trouvé Maman morte, couchée par terre, le combiné à la main.

Je me souviens, je me suis figée, sans émotion ni larmes, à la porte du salon. Le chagrin ne m'a envahie que quand j'ai touché son front froid. La première chose que j'ai faite quand je l'ai vue ainsi étendue au sol, les cuisses découvertes, a été de tirer sa robe d'intérieur pour couvrir sa nudité. Julie aurait été satisfaite du geste de sa petite fille bien élevée. Depuis, je suis convaincue que je l'ai tuée par mes mots, par mon refus d'obéir à l'une de ses stupides exigences[7].

* * *

Huit ans plus tard environ, mon père a enfin quitté Buenos Aires pour Paris. Pendant toutes ces années, il s'est intéressé à ce que je faisais, il croyait en moi. Mais il n'avait pas arrêté de m'appeler Dorica. Je sursautais en entendant ce petit nom affectueux. Dora, Papa, lui disais-je, je t'en prie, appelle-moi Dora. J'avais presque trente ans, une carrière, des expositions, des œuvres publiées... Il continuait à s'adresser à la petite fille dans sa chambre de verre derrière le rideau blanc, quand je n'avais nulle part où fuir son regard.

Dorica, l'enfance, son regard, ma fuite...

Peut-être que pour lui, je n'avais jamais cessé d'être Dorica, sa petite fille, comme à Buenos Aires quand, le matin, avant d'ouvrir la porte, il repoussait le rideau pour voir si j'étais réveillée. Je faisais semblant de dormir et de

---

7. Ici, quelques lignes du manuscrit sont raturées. Il semble que Dora ait d'abord inscrit le contenu du télégramme qu'elle a, le 29 octobre 1942, envoyé à son père au sujet de la mort de sa mère, avant de se raviser. Selon Victoria Combalia (*Dora Maar : la femme invisible*, p. 227), le télégramme est le suivant : « Madre fallecida subitamente hemorragia cerebral. Se ruega enviar cable a nombre de Julio Villarejo Embajada Argentina Vichy el texto siguiente rescind contracto apartamento enero otorgo todos los poderes a mi unica hija etc. ... Besos, Dora. » Traduction : « Mère morte soudain attaque cérébrale. SVP envoyer télégramme au nom de Julius Villarejo Ambassade d'Argentine Vichy avec le texte suivant résilier bail appartement à partir de janvier je donne tous pouvoirs à ma fille unique etc. ... Bisous, Dora. » Un peu plus tard, dans une lettre à son père, Dora avouera qu'elle ne se pardonnera jamais de lui avoir annoncé la mort de sa mère de manière aussi brutale. (Note de l'autrice.)

ne pas l'entendre descendre silencieusement du lit, puis s'approcher de la porte comme une ombre. Entre mes cils, je voyais ses doigts écarter le rideau et son œil, juste un, me regarder. Il s'approchait, me déposait un baiser sur le front et remontait mon drap. Parfois, quand il était persuadé que nous dormions Maman et moi, il soulevait le drap l'espace d'un instant avant de le rabattre rapidement. Je me souviens encore de ce sentiment de vulnérabilité totale, le bruissement du drap et l'air froid qui enveloppait mon corps étendu. Je ne l'ai jamais dit à Maman, mais à présent, il me semble qu'elle savait, elle n'avait pas pu ne pas remarquer son amour « particulier » pour moi. Était-ce la raison de son amertume ? J'étais, je le sentais, la seule consolation de mon père dans sa vie pleine d'efforts, d'ordres, de morosité et de soumission à ses supérieurs. Je souffrais pour lui. Bataille aurait dit que j'étais déjà une victime qui voulait devenir une sauveuse.

J'avais de la peine pour mon père, même s'il m'est difficile de le reconnaître. Il semble bien que je sois encore et encore une victime supérieure. Pourquoi supérieure ? D'où me vient ce sentiment de pitié pour ceux qui font de moi une victime ? Suis-je en réalité masochiste ?

Quand il m'a annoncé sa décision de m'acheter un atelier rue d'Astorg, je lui ai dit, merci, mon petit papa. Je l'ai enlacé, enchantée, et je suis restée quelque temps la tête posée sur son épaule. Il m'a semblé que ses yeux s'étaient mouillés de larmes. Pauvre papa, il avait besoin que quelqu'un lui témoigne un peu de reconnaissance, et Julie ne lui en montrait guère, D'elle, il ne recevait que des reproches. J'ai regardé son beau visage régulier encadré de favoris gris, son menton carré comme le mien, ses lèvres pleines comme les miennes. Que ce serait-il passé si j'avais été un garçon ? Il n'a jamais mentionné cette éventualité, pas même pour plaisanter. "Peut-être considérait-il ma volonté affirmée, ma détermination, comme un trait de caractère masculin ? Ou alors, il se reconnaissait en moi, tout simplement. Picasso aussi voyait quelque chose de masculin chez moi. Peut-être que toute femme qui réfléchit, qui a ses propres idées, qui aime en parler et se sent sur un pied d'égalité en la matière, était, pour les hommes de leur génération, masculine ?

À cette époque, il y avait un thème que nous n'abordions pas dans nos discussions – mes photographies surréalistes. Mon père n'en parlait pas, pas plus que Picasso plus tard. Il se bornait à mentionner de temps en temps qu'il avait vu mes photos dans un journal ou dans une exposition. Je ne les évoquais pas non plus, les photographies artistiques étaient alors considérées comme un art de second ordre. Pour mon père, il était important que je sois financièrement indépendante : il m'incitait à devenir photoreporter.

Qu'a-t-il bien pu penser quand j'en ai titré une d'après l'adresse de mon atelier parisien, 29 rue d'Astorg ? Elle n'était pas belle, cette photographie, elle était étrange, un peu effrayante. Tout le monde, y compris lui, devait voir quelque chose de sombre et de repoussant dans le corps de cette grotesque femme-animal à la tête de tortue, sorte de monstre marin. Bien entendu, j'avais préparé une réponse. Le cliché était né dans mon atelier, voilà la raison de son titre, même si ce n'était pas la seule. Cette créature monstrueuse lui rappelait-elle Maman ? Si oui, peut-être avait-il pressenti que la photo représentait notre cauchemar commun.

Le commentaire que j'ai le plus souvent entendu sur cette photo était que l'attraction mystérieuse qu'elle exerçait provenait de la combinaison du grotesque et de l'absurde, ce qui suscitait de l'angoisse chez le spectateur. Mais un tel mélange peut avoir un effet comique, comme sur la photo de l'homme qui s'est enfoncé la tête dans une bouche d'égout. En vérité, je n'aimais pas entendre des interprétations de mes œuvres, car les gens attendaient en général que je confirme qu'ils avaient raison. Mais ils n'avaient pas raison : il n'existe pas une seule « bonne » lecture de ces photos, pas même celle de l'autrice elle-même.

* * *

C'était comme si mon art était en contradiction avec ma vie. D'un côté, mon apparence extrêmement stylisée, et la création minutieuse d'une image de moi par laquelle je transformais mon double passé immigrant, le croate et l'argentin, en un ornement exotique, et l'appartenance petite-bourgeoise de mes parents en point focal de ma révolte – même si je dépensais l'argent de mon père. De l'autre, l'idéologie de gauche et mon besoin de m'engager, de rectifier une injustice que je ne subissais pas, de montrer une pauvreté dont je n'avais jamais fait l'expérience, une violence qui ne m'entourait pas. Comme un besoin pervers de vivre une autre vie par l'intermédiaire de la photographie. Oui, les artistes mentent pour montrer la vérité – disait Picasso.

C'était peut-être pour cette raison que j'avais décidé de déformer cette même réalité, m'efforçant de créer un monde différent en utilisant les images de mes songes cauchemardesques. Je pense par exemple à la photo que j'ai intitulée *Portait d'Ubu*, à ce petit animal aux yeux clos, renfermé sur lui-même, les pattes recroquevillées et le museau tordu. On m'a demandé si souvent de qui il s'agissait. Je ne répondais pas. Il n'y a pas de réponse à cette question. Ce pouvait être aussi bien moi qu'un fœtus de tatou. Ou une photo souvenir d'une visite au zoo. Ou tout ce que cette photo rappelle au spectateur et qui suscite en lui des émotions, car c'est son but. Après avoir rencontré Picasso, que les questions du type « c'est quoi sur le tableau ? » rendaient complètement fou, j'ai compris que j'avais raison. Pour les arts visuels, disait-il, le plus important, c'est le ressenti. Une brusque nausée, la surprise, le choc, la perplexité… Pour ce qui est du nom d'Ubu, j'avoue que j'ai été bête en donnant à ma créature ce nom populaire pour attirer l'attention. Le texte *Ubu roi*, écrit par Alfred Jarry en 1896, était très aimé des surréalistes. Je n'échappais pas à la mode de l'époque, au contraire. Je m'efforçais par tous les moyens d'être moderne.

Je contemple le doux visage de mon amie Nusch, aux traits si délicats, recouvert sur ma photographie d'une fine toile d'araignée. Ce cliché est quasiment morbide dans sa brutalité. Pourquoi ai-je défiguré cette si belle femme, et la symbolique – le passage du temps, la mort – n'est-elle pas trop ostensible ? Est-ce qu'au travers de cette photographie terrifiante, c'était ma propre douleur qui s'échappait ? Mon sentiment d'être utilisée et ma solitude. Je n'étais ni Theodora, ni Dora. Ni Markovitch, ni Maar. Ni française, ni argentine. J'étais une femme avec un cerveau d'homme. La mère du fœtus mort que j'avais appelé Ubu, était-ce Julie de la rue d'Astorg ? Ou était-ce moi ? Un monstre donnant naissance à un petit monstre mort et renfermé sur lui-même.

Je n'ai pas eu d'enfants. Mais j'ai donné vie à ces créatures monstrueuses, issues du plus profond de mes entrailles.

Il me semble que les critiques d'aujourd'hui exagèrent quand ils portent aux nues les textes de Breton et les sombres fantasmes de Bataille. À moins que je n'aie été trop proche de tous ces gens, si bien que je les considère avant tout comme des personnes, minimisant ainsi leur impact artistique ? Bien entendu que leur vie était banale. Aujourd'hui, quand je lis, par exemple, que Breton était un éminent poète surréaliste, je me souviens de la manière dont il a rencontré sa femme, Jacqueline Lamba ! Elle était mon modèle, une nageuse au corps magnifique et aux cheveux décolorés, peintre de son état, une fille un peu vulgaire. On parlait beaucoup des surréalistes, elle m'avait suppliée de lui présenter mes amis. Elle voulait tout simplement entrer dans ce cercle. Je l'avais emmenée avec moi à la brasserie place Blanche. Breton, qui croyait au « hasard objectif », a par la suite décrit cette rencontre fatale dans *L'Amour fou.* Il ne m'aurait jamais crue si je lui avais dit que cette rencontre avait été arrangée, que c'était moi qui lui avais amené cette belle blonde.

Conformément au principe du hasard, André et Paul abordaient des filles dans la rue et les proclamaient leurs muses. Paul avait ainsi tout d'abord rencontré Gala, alors qu'elle n'était pas encore majeure. Il l'avait partagée un certain temps avec Max Ernst. Quand elle l'avait quitté pour Dalí, un individu selon moi odieux, auprès duquel elle pouvait parfaire son rôle de muse, mais aussi assouvir ses ambitions, il avait croisé dans la rue une adorable Allemande, la circassienne Marie Benz. Elle était devenue Nusch, dévouée et reconnaissante comme un chiot, tout à fait satisfaite du statut de muse et de son rôle d'épouse soumise.

J'évite d'assimiler l'artiste à son œuvre. Précisément parce que j'en ai connu beaucoup, j'ai bien vu à quel point un artiste intéressant peut se comporter de manière répugnante. Mieux vaut ne pas connaître les artistes. Ne rien savoir sur eux. Ils sont toujours décevants. Cela vaut, bien entendu, aussi pour Picasso, ainsi que pour moi !

Quand Breton et Jacqueline ont eu leur petite Aube, sa naissance a changé leur relation. Il avait peur, l'allaitement le dégoûtait. À ses yeux, la maternité avait tué Jacqueline comme artiste. Il ne s'intéressait qu'aux femmes qu'il pouvait idéaliser dans sa littérature. Les femmes réelles, y compris la sienne, l'effrayaient et l'agaçaient. Et Jacqueline, la petite Aube au sein, était on ne peut plus réelle. Voir en elle une artiste, et non « seulement » sa femme et une mère nourricière, aurait été la reconnaître comme une égale.

Breton aimait le pouvoir, la domination. J'ai souvent été témoin de la relation entre Breton et Jacqueline. Quand nous déjeunions ensemble, André lui coupait purement et simplement la parole. Je me souviens d'une scène, où il l'avait rudoyée : « Mais tais-toi à la fin, vas donc allaiter ! » Les hommes – Paul, René et quelques autres – s'étaient mis à rire. Nusch, Lise et moi avions souri comme si nous n'étions pas concernées. Nous nous étions comportées comme les idiotes pour lesquelles ils nous prenaient. Jacqueline s'était levée de table. Furieuse et en larmes, la petite dans les bras, elle était sortie du restaurant. Parmi les quelques femmes présentes, aucune ne l'avait suivie. Si seulement l'une de nous s'était levée pour la prendre dans ses bras. Mais non, nous n'avions pas osé pour ne pas risquer d'être qualifiées de femmes ordinaires. Nous nous prenions pour des artistes et des muses, oui, et ce statut bien plus élevé, aucune d'entre nous ne voulait y renoncer. Nous étions égoïstes et cruelles.

J'étais encore pire que les autres, car je croyais que je valais mieux. Oh, je faisais sans cesse semblant d'être supérieure, j'étais insupportablement vaniteuse. La première chose qui m'avait traversé l'esprit avait été de me lever et de crier sur André à cause de sa stupide démonstration de domination masculine, de courir vers Jacqueline, et de la raccompagner chez elle avec le bébé... J'aurais pu faire tant de choses pour elle en cet instant, mais je n'ai rien fait. Mon visage était resté paisible, entraîné à ne laisser paraître aucune émotion. J'aurais vraiment pu asséner une énorme gifle à André. Petite oie mondaine et égoïste, je n'avais pas osé enfreindre nos règles de comportement, si différentes des normes petites-bourgeoises – croyions nous. Par ailleurs, j'aurais enfreint ma propre règle ; ne pas montrer d'émotions en public. C'était le plus important pour moi – faire grande impression.

* * *

Mon appareil photo était devenu un filtre entre moi et la réalité, comme un mur ou une barrière. Un rideau qui s'ouvre pour révéler les visages d'êtres étranges, ou l'étrangeté chez les êtres ordinaires. Il me permettait d'être à la fois présente et absente, de participer aux événements tout en gardant la distance nécessaire. Je me défendais du monde, mais également de mes amis, par mes photographies, par le verre de la lentille. Je suis devenue comme Jacqueline ou Nusch, une femme-victime, quand j'ai remisé mon appareil. Picasso m'y a forcée. Mais je l'ai laissé faire. Qu'est-ce qui peut bien pousser un être humain à renoncer à lui-même ? Un amour désespéré, une relation d'emprise. La conséquence a été la déliquescence, l'écroulement total de ma personnalité.

Je parle couramment trois langues, je me débrouille en anglais, mais j'ai permis qu'on m'enlève ma seule langue authentique : la photographie. Picasso, le Minotaure, m'en a privée. Muette, je suis devenue une autre personne. Pourquoi ai-je laissé ce monstre, cette bête dans un corps d'homme, me couper si brutalement la langue, m'arracher l'objectif de l'appareil, le seul œil par lequel je voyais ?

En lisant ces mots, j'ai vraiment la sensation d'être une victime. Ni plus ni moins.

Après tant d'années, le sentiment de malaise revient. J'ai peur d'écrire sur nous. Comme si les mots couchés sur le papier allaient m'enlever mes sensations. Je ne vais tout de même pas à nouveau renoncer à écrire ? Je n'ai pas le droit !

* * *

J'ai rencontré Picasso un soir d'hiver du début de l'année 1936 à la première du film *Le crime de monsieur Lange*. J'étais venue au cinéma Aubert-Palace, sur le boulevard des Italiens, en tant que photographe officielle sur le tournage, avec Breton, Paul et Cartier-Bresson. Ce film était en quelque sorte le produit de notre travail de groupe, mon amie Sylvia jouait dedans. Picasso était très entouré. Il a toujours une cour autour de lui, m'avait chuchoté Paul, son grand admirateur. J'étais fascinée par lui comme beaucoup d'entre nous, consciente de sa gloire si éclatante, dont un peu de poussière d'or retombait sur chaque personne en sa compagnie. Nous nous étions serré la main. La sienne était chaude et rugueuse. Pourtant, je ne lui avais pas souri. Je n'avais pas fait d'efforts pour être polie, même si, bien entendu, je savais que cet Andalou était un géant de la peinture, auquel mon entourage baisait les pieds. Il m'avait gratifiée d'un seul regard perçant et avait marmonné un compliment sur cette photographie où je jouais la déesse indienne pour Man Ray. Ce portrait avait attiré son attention avant notre rencontre, il avait même demandé à Man Ray de le lui offrir.

En réalité, ce n'est qu'à contrecœur que je me tenais devant l'objectif d'un autre. Je savais très bien à quel point l'appareil révélait la personne alors je m'étais dissimulée derrière une façade de mystère. Man Ray était l'un des rares à avoir su me persuader de poser pour lui. Imagine que tu me séduis, avait-il dit pendant la séance, mais ces mots m'avaient donné envie de rire, rire retenu à grand-peine devant ses cheveux ébouriffés et l'expression comique de son visage. Une déesse se doit d'être sérieuse.

Si seulement Picasso n'avait jamais vu ce portrait ! Notre relation aurait été différente, j'en suis convaincue. Ce cliché a déterminé la perception qu'il a eue de moi, et cette idée me torture. Les photographies ont un pouvoir qui nous échappe. Dès notre première rencontre, quand il a reconnu le visage du portrait, il a vu avant tout un modèle.

La véritable personne – moi, Dora Maar – est une autre. Cet être-là, Picasso l'a rencontré quelques mois plus tard au café *Les Deux Magots*. Le hasard n'y était pour rien. La raison principale était sa gloire, qui m'attirait infiniment. Je voulais que Picasso m'admire. Il me fallait juste un stratagème pour attirer son attention. Ce n'était pas très difficile, nous fréquentions les mêmes lieux. On disait qu'il était extrêmement intelligent, mais inculte. Il n'avait pas de temps pour les livres. Ce qui ne l'empêchait pas de juger des œuvres qu'il n'avait pas lues, en se basant sur ce qu'il avait entendu de Gertrude Stein, par exemple. Tant qu'il s'agissait de peinture, on pouvait le lui pardonner, mais en ce qui concernait la politique ou la poésie, il campait avec assurance sur ses positions sans légitimité, m'avait confié Paul. Bien entendu, il comprenait vite les nouvelles idées. Nul embarras chez lui devant une autorité. Il se comportait comme si son statut de peintre célèbre lui donnait le droit de juger tout et n'importe quoi, ce que je trouvais révoltant. De fait, rien de ce que j'avais entendu sur lui ne m'attirait. Mais c'était Picasso.

Quand nous nous sommes enfin rencontrés au café, j'ai remarqué, comme tous les autres, ses grands yeux noirs et son regard perçant. Il fixait les gens jusqu'à ce qu'ils se sentent gênés. Selon moi, il s'agissait plus de curiosité que d'impolitesse. Il n'était pas homme à s'embarrasser de courtoisie. Sa coiffure dont il prenait indéniablement grand soin me parut comique ! À l'époque, il avait cinquante-quatre ans. Ses cheveux déjà grisonnants étaient peignés de la droite vers la gauche pour dissimuler sa calvitie. Je me souviens qu'à cause de cela, ma première pensée avait été qu'il était en réalité un petit vieux pathétique. Je me retenais de ne pas lui éclater de rire au visage tandis qu'il me fixait sans ciller. J'ignore pourquoi je ne l'ai pas fait. Je l'ai imaginé le matin, dans sa salle de bains, planté devant le miroir pour étirer avec soin une longue mèche sur le sommet de son crâne, avant de la coller avec un produit, sans doute de la brillantine. Une dame en train de se préparer pour le bal. Qu'arrivait-il à ses cheveux quand le vent se mettait soudain à souffler ? Cette longue mèche se détachait-elle pour se mettre à flotter comme un petit drapeau ? Et quand il dormait, est-ce que cette houppette s'étalait sur l'oreiller ? L'image dans ma tête était grotesque, pitoyable. Un génie de la peinture qui dissimulait sa calvitie comme n'importe quel homme vaniteux qui vieillit !

Son incommensurable vanité, non comme peintre, mais comme homme, était exposée au vu et au su de tous. La vulnérabilité qui se devinait dans ce geste le rendait encore plus arrogant avec les femmes. J'aurais dû le remarquer. On parlait beaucoup de son machisme. Il devait être conscient, le matin devant le miroir, que la majorité des femmes ne lui auraient même pas accordé un regard s'il n'avait pas été Picasso. Laissez tomber ces cheveux, coupez donc cette stupide mèche, cela vous rend juste ridicule, ai-je eu envie de lui dire. À coup sûr, il se serait vexé. Pourtant, plus tard, il l'a fait. C'était en mai 1945. Peut-être sa manière de célébrer la fin de la guerre. Seule Marie-Thérèse, sa compagne, avait le « privilège » d'assister à ses coupes de cheveux. Son barbier venait dans son atelier de la rue des Grands-Augustins. Après la « cérémonie », il ramassait les cheveux et les ongles pour qu'ils ne tombent pas entre des mains malveillantes. C'est contre les mauvais sorts, m'avait-il expliqué. Il y croyait vraiment, il l'avait sans doute appris des Roms qu'il avait fréquentés étant enfant. À mourir de rire, franchement.

Quand j'avais vu sur un document officiel la longue liste de noms qui s'étalait à côté du nom de famille de son père, Ruiz, je m'en étais amusée. Elle m'avait rappelé un petit train pour enfant, ou ces longues guirlandes de saucisses épicées qui pendent dans les celliers paysans. Pablo, Diego, José, Francisco de Paula, Juan Nepomuceno, Maria de los Remedios, Cipriano de la Santísima Trinidad Ruiz y Picasso – cette longue énumération d'ancêtres était son vrai nom. Je doute qu'il ait été en mesure de les réciter par cœur. Mais il m'avait expliqué l'origine de chacun d'entre eux : Pablo comme son oncle qui était mort, Diego comme le grand-père et le frère aîné de son père, José comme son père, Francisco de Paula comme le grand-père de sa mère, Juan Nepomuceno comme son parrain, Maria de los Remedios comme sa nourrice et, enfin, Cipriano de la Santísima Trinidad – comme porte-bonheur !

Voilà ce que cet étranger avait dans ses bagages en arrivant à Paris. Une tonne de dessins et un nom en guirlande de saucisses, qui avait donné en abrégé Pablo Ruiz, et plus tard Pablo Picasso. De chez lui, à Málaga, il avait aussi emporté l'adoration infinie de sa mère (dont le nom de famille était Picasso), de sa grand-mère, de sa sœur, de ses deux tantes, des servantes et de toutes ses parentes proches et éloignées. Son père José Ruiz n'avait eu d'autre choix que de se joindre aux femmes. Ce qui n'avait pas empêché Pablo de le priver de la seule satisfaction qu'un fils célèbre peut offrir à son père – porter son nom.

L'amour inconditionnel des femmes avait formé autour de lui une carapace impénétrable. Le Minotaure égoïste et gâté y avait grandi en toute tranquillité.

Il m'a fallu longtemps pour remarquer cette caractéristique. Sa gloire me tournait la tête. Si seulement j'avais utilisé mon allié principal, mon œil, j'aurais vu ce qui était important, je l'aurais percé à jour. Il aurait peut-être suffi à une autre femme de voir sa coiffure, sa mèche étalée sur son crâne rond à l'implantation basse, son corps dense et tendu, pour conclure que sa vanité était un trop grand obstacle à une réelle proximité. Mais j'étais restée fascinée, presque aveuglée. Les choses se seraient peut-être passées autrement si j'avais eu mon œil artistique, mon appareil avec lequel je l'aurais observé derrière l'objectif. L'angle aurait été différent, j'aurais eu un abri et de la perspective. Mais là, c'était Picasso qui me considérait, comme tout autour de lui, comme un objet.

* * *

Quand il m'a aperçue ce jour-là attablée aux *Deux Magots*, il est tombé amoureux de moi. Son regard est resté sur moi plus longtemps que nécessaire. Peut-être parce que je lui ai rendu la pareille. J'observais avec insolence l'avorton au teint hâlé et à la coiffure ridicule, bien décidée à ne pas baisser les yeux la première, à captiver son attention. Oh, oui, j'avais réfléchi à comment procéder, ce n'était pas la première fois que je donnais cette retorse représentation : le tour exotique de la dame qui jouait au jeu masculin du planter de couteau entre ses doigts en éventail sur la table, de la mystérieuse et élégante demoiselle qui se comportait comme une fille des rues. J'ai lentement retiré mon gant noir orné de petites fleurs roses, que je portais pour faire l'impression la plus bizarre possible. Puis, j'ai pris un couteau dans ma main nue. Le jeu que m'avait appris Jacques Prévert a commencé. J'étais rapide, mais pas suffisamment entraînée. La pointe du couteau a effleuré mon doigt et ensanglanté le gant que je portais sur mon autre main. J'étais consciente de l'effet que je faisais. Il voyait en cet instant une femme dont le maintien suggérait l'arrogance, un visage impassible qui évoquait le contrôle et la domination, tandis que mon maniement habile du couteau révélait le goût du risque et l'amour du danger – peut-être même un trait de caractère masochiste. Une vision bien sombre, en vérité. Paul était à côté de lui. Il lui a chuchoté mon nom. Il a haussé les sourcils et dit, suffisamment fort pour que je puisse l'entendre : Ah, c'est donc elle, cette maîtresse de Bataille dont on parle tant.

Sa présence ne me troublait pas. Je n'étais plus une jeune provinciale. Ma profession m'avait appris à regarder les gens tandis que je les photographiais. J'ai contemplé avec hauteur le petit homme devant moi, son visage, son cou de taureau, la chemise sans col et la veste informe, le mouchoir noué sur la gorge, sa main avec une cigarette entre les doigts.

J'avais réussi à le choquer. Mais, plus choquant encore que cette réputation de maîtresse qui m'avait précédée, c'était ce jeu cruel, la dangereuse danse du couteau, l'irrésistible vision du sang qui avait rappelé la corrida à Picasso. J'avais mis en scène pour lui une représentation dramatique conçue pour susciter l'admiration. Picasso devait connaître cette manœuvre. Il avait certainement vu dans des tavernes des marins se défier avec des couteaux autrement plus longs et plus acérés, tandis qu'autour d'eux les gens hurlaient en lançant les paris. Il avait vu ces regards enflammés à la corrida, des regards avides de sang, de sacrifice et de mort. Et voilà qu'une femme à Paris le lui avait rappelé.

Il s'était adressé à moi en français, me demandant de lui offrir mon gant ensanglanté. J'avais aussitôt théâtralement exaucé son désir. *Prenez aussi ma main,* lui avais-je répondu en espagnol, *je m'en remets à vous. Tenga mi mano, me entrego a usted.* Une femme qui jouait à un cruel jeu masculin, parlait sa langue, et s'offrait ouvertement à lui par-dessus le marché. Même pour lui, ce fut une surprise !

En lui tendant mon gant ensanglanté, je m'étais sentie comme si je dansais le tango. J'avais à nouveau treize ans et je m'approchais de mon partenaire. J'avais le maintien provoquant, la tête haute, je n'étais qu'attente nerveuse. Lui aussi attendait, prêt, tendu. Nous nous touchons d'abord des yeux, nous nous buvons du regard l'un l'autre. Puis il prend ma main, doucement, et je danse déjà, emportée par le mouvement.

J'ai su tout de suite que ma rencontre avec Picasso serait fatale. C'était une invitation au tango. Avait-il déjà, derrière mon attitude fière, pressenti la soumission féminine, qui fait aussi partie de la danse ? Celle qui se sentait supérieure, qui avait capté son attention, l'avait défié. Et il avait relevé le défi.

J'ignore ce que je voulais au juste… D'abord, qu'il me remarque. Ensuite, j'ai désiré son admiration. Je l'avoue, je me suis comportée de manière provocante, comme une vraie *francesa.* Je lui ai offert plus que ce qu'il attendait, non seulement mon gant, mais aussi ma main, toute ma personne. À son expression stupéfaite, j'ai compris qu'il avait été ébranlé par ma voix mélodieuse. Peut-être s'attendait-il à une petite voix haut perchée qui gazouille en français, ou à une voix grave comme mon visage. Sans doute pas à une voix vibrante et roucoulante, à la limite du chant – ainsi qu'il me l'a ensuite décrite. Parfois, je t'écoute avec attention juste à cause de la couleur de ta voix, m'a-t-il répété, pensant me complimenter ! Et moi, moi, je détestais quand il me disait cela…

Tout cela ne devait être qu'une simple mise en scène. Je ne m'étais pas attendue à ce qu'il trouve séduisante cette petite performance théâtrale. Encore moins à ce que notre rencontre évolue vers une relation sérieuse.

* * *

Plus tard, Picasso a reconnu avoir été impressionné par mon espagnol à l'accent argentin. Les immigrants sont des créatures étranges, il reste toujours en eux un résidu de différence, les couches cachées d'une vie antérieure qu'ils sont convaincus d'avoir oubliée, mais qu'ils cherchent par la suite dans le goût des aliments, les parfums qui leur rappellent leur pays natal. Et principalement dans la langue. Je le sais, car c'est mon cas. Chacune des langues que je parle a pour moi une signification différente : le croate est la langue de mon enfance, secrète car elle est liée au passé caché de mon père, à des ancêtres que je ne connais pas, à un pays pas si lointain, mais presque étranger. Le français est la langue de mon entêtement, de ma colère, mais aussi de mon insécurité. Il signale ma non-appartenance, ma différence. Et l'espagnol, étrangement, bien avant Picasso déjà, était pour moi lié à la passion, au charnel, à l'interdit. Plus tard, il est devenu la langue de la défaite, de l'écroulement, de la douleur…

À Buenos Aires, quand j'entendais du français dans la rue, je m'identifiais immédiatement à la personne qui le parlait. À Paris, j'étais sensible aux sonorités de l'espagnol, à l'odeur du poisson frit et du tabac dans les tavernes bon marché où se retrouvaient les Espagnols, surtout à l'époque de la guerre civile. Picasso n'a jamais su ce que signifiait pour moi le fait de pouvoir parler espagnol avec lui. Cela symbolisait dans mon enfance l'interdit : la langue vulgaire de la rue, les jurons, la danse – ce qui était sale, vil, et donc attirant. Pour lui, bien entendu, il était plus facile de parler espagnol. Il le parlait avec son vieil ami, son secrétaire Sabartés, avec les Espagnols qui venaient le voir dans son atelier, dans les bistrots où il mangeait, et que fréquentaient ses concitoyens. Sa langue maternelle ne lui manquait pas comme à moi, il n'avait jamais perdu son identité. Même s'il vivait depuis déjà longtemps en France, il était et restait un Espagnol. Moi, en revanche, je n'étais pas une véritable Argentine, même si mon côté argentin me manquait. J'étais surprise par ma joie quand je tombais sur quelqu'un désireux de parler espagnol. Quelqu'un comme Picasso, dont le français cassait les oreilles à cause de sa prononciation désastreuse.

* * *

Picasso n'était manifestement pas pressé de me revoir. Moi non plus, je n'avais pas été particulièrement entreprenante. Entre-temps, avais-je appris, il n'avait pas perdu de temps. Au printemps, il avait eu une brève aventure avec Alice Rahon, une poétesse magnifique qui boitait. La belle Alice peignait aussi un peu. Plus tard, quand elle déménagerait au Mexique, elle deviendrait une artiste célèbre. Une femme aussi exotique ne pouvait manquer d'attirer son attention. Et elle ne lui avait probablement pas résisté. Elle avait sans doute, comme les autres, été flattée par son intérêt. Peut-être même avait-elle cru qu'il appréciait son art, même si je suis certaine qu'il ne lui aurait pas menti à ce sujet. Ou alors, elle avait été assez sage pour ne pas lui poser la question. Dans le domaine de la peinture, Picasso reconnaissait à peine le talent de Matisse. Il n'avait aucune envie de s'intéresser aux créations d'une femme qui s'amusait à étaler des couleurs sur une toile, sauf s'il s'agissait d'un stratagème pour la conquérir. Il est aussi possible qu'Alice ait « percé » Picasso à jour, et qu'elle ait décidé de ne pas s'engager dans une relation avec lui.

Nous ne nous ne nous sommes revus qu'à l'été, qu'il passait comme d'habitude à la mer avec ses amis. Paul, Nusch, Man Ray... Depuis des années, aux beaux jours, toute sa cour déménageait dans le Sud, à Mougins.

Lise Deharme m'avait invitée à passer des vacances avec elle, non loin de Mougins. Et c'est ainsi que nous nous sommes retrouvés – était-ce un hasard ? – chez elle au déjeuner, avec les inévitables Paul et Nusch, Man Ray, Lee Miller et son mari Roland Penrose. Nous avons passé cette soirée-là seuls, à nous promener sur la longue plage de Saint-Tropez. Allons ramasser des galets, avait dit Picasso. Je pensais qu'il plaisantait. Ses amis avaient souri d'un air entendu. Ce n'était pas la première fois qu'il emmenait une femme « ramasser des galets », avais-je appris plus tard.

Le soleil n'était pas encore couché, et le vent avait faibli. La mer était calme, tout juste légèrement ridée dans le lointain. Sa voix n'était interrompue que par le cri d'un goéland de passage qui attrapait un poisson au vol. Ce soir-là, notre premier soir ensemble, Picasso m'avait parlé de ses femmes. D'Olga, qui ne voulait pas divorcer, brandissait la menace des avocats et le harcelait d'exigences insensées. Tu sais, m'avait-il chuchoté à un moment comme en confidence, Olga a perdu la tête. J'avais hoché la tête d'un air compatissant, même si le comportement étrange d'Olga n'était un secret pour personne. Tout le monde savait qu'elle l'attendait dans la rue, qu'elle le tirait par la manche, alternant suppliques et imprécations. Ensuite, il y avait Marie-Thérèse, avec qui il avait l'année précédente eu la petite Maya. Il avait employé ces mots précisément : il y a Marie-Thérèse, ce qui signifiait qu'il fallait compter aussi avec elle. Je n'étais pas au courant de son existence, à cette époque, elle était son secret bien caché. Tu comprends, elles dépendent toutes de moi – avait dit Picasso comme pour se justifier.

J'avais réfléchi à son monologue sur la plage, et à la manière dont il avait parlé de ces femmes d'un ton légèrement plaintif. Il insinuait qu'elles étaient un poids pour lui, même s'il n'avait pas employé ce mot. Picasso voulait aussi que je comprenne qu'il ne ressentait plus rien pour elles que de la responsabilité. Olga était un problème depuis longtemps, et Marie-Thérèse, la mère de leur fille Maya.

Je dois prendre soin d'elles, Dora.

Je ne sais pas pourquoi il m'a parlé de ces femmes, je ne lui avais posé aucune question à leur sujet. J'estimais que cela ne me concernait pas. On n'en est pas au point de la demande en mariage, avais-je pensé, surprise de la confiance qu'il me témoignait, selon moi, trop tôt. Nous nous étions rencontrés, rapprochés. J'avais accepté son invitation à nous promener sur la longue plage. Je n'attendais pas de confession de sa part, pas plus que je ne me livrais moi-même. Me préparait-il ainsi au statut de nouvelle maîtresse ? Me faisait-il savoir qu'il attendait que j'accepte sa situation, que je ne remette pas en cause ses relations déjà établies ? En cet instant, j'étais loin d'envisager tout projet à long terme. Son attention me faisait plaisir. Je jouissais de l'air chaud, du parfum de la mer, de son bras autour de mes épaules, de notre intimité. J'étais bercée par le son de l'espagnol, cette langue nôtre seulement, commune, secrète, qu'aucun de ses amis ne parlait. Pas plus que les femmes qu'il avait évoquées.

À un moment, il s'est penché, a ramassé un galet et me l'a mis dans la main. Regarde, Dora, comme il est singulier. Posé sur ma paume, le petit caillou blanc et mouillé, à la parfaite forme ovoïde, brillait dans le crépuscule. Tu es comme lui, si singulière.

Ce premier soir, je suis rentrée de la promenade avec des sentiments mitigés, ravie de son attention, mais aussi déconcertée par ses confidences inattendues. Il n'y avait pas le moindre point commun entre moi et ses autres femmes. Une vieille ballerine folle qui refusait de lui accorder le divorce. Une jeune fille à qui il avait fait un enfant, si bien qu'il ne savait plus comment s'extirper de cette relation – quel rapport avec moi ? Ces femmes se fichaient bien de son art, avait-il dit. De ce point de vue-là, je pourrais aussi bien être mécanicien ou employé de banque, avait-il plaisanté. C'est ainsi que j'avais refoulé la pensée d'Olga et de Marie-Thérèse. C'était moi, et non elles, qui étais au centre de son attention. Et j'aimais ça. Je ne savais pas grand-chose de son rapport aux femmes, à part ce qu'il m'avait dit lui-même, où il apparaissait comme leur victime. Je pensais que Picasso avait bien dû s'apercevoir que je me voyais comme une artiste, une personne intéressée par son art et capable de le comprendre. J'étais une femme indépendante, absorbée par son travail, pas une femme en mal de mari.

J'ignorais alors que j'étais si vaniteuse et si faible. Et que j'étais déjà désespérément amoureuse de lui.

* * *

La photographie prise sur la plage au tout début de notre relation est ma préférée. Nous sommes tous les deux dans la mer jusqu'à la ceinture. Nous avons tous les deux l'air différent que sur nos autres portraits communs. Nous avons l'air heureux. Il y a sur mon visage une ébauche de sourire, une chose inhabituelle.

Manifestement ravie qu'on nous prenne en photo, sans masque ni maquillage, j'ai les cheveux mouillés, le visage ouvert, l'air beaucoup plus jeune. Je ne ressemble en rien à cette mystérieuse femme orgueilleuse au visage de statue, qui pose en permanence. Je rayonne d'une satisfaction détendue. Je porte un maillot deux-pièces ridicule qui me va mal, et un collier que j'aimais beaucoup à l'époque. Picasso aussi est un peu surpris, mais détendu. Les lèvres juste légèrement étirées faisant ressortir ses pattes d'oie, il a l'air beau, viril, sérieux. Nous ne nous touchons pas. J'aime cette photo car on y pressent que nous nous sommes déjà touchés. Avant d'entrer dans la mer, nous avons fait l'amour. Que ce soit depuis la plage ou derrière l'objectif, on le devinait. Debout à côté de lui dans l'eau tiède et peu profonde, j'avais ressenti un sentiment d'appartenance réciproque. Cette communauté absolue que les couples expérimentent rarement, et qui dure plus rarement encore.

Mais malgré l'ivresse de notre relation, cet été est resté pour moi un souvenir douloureux. À partir du 18 juillet, la guerre civile a fait rage en Espagne. Des nouvelles dramatiques arrivaient à Mougins. Mais les amis qui m'entouraient, peut-être précisément à cause de l'horreur qu'ils ressentaient, se comportaient comme s'ils vivaient dans un autre monde. J'avais l'impression qu'ils n'étaient pas suffisamment sensibles, ou du moins, ils ne voulaient pas le montrer. Avais-je été naïve quand j'avais cru que cette actualité allait les pousser à s'engager ? Picasso était déjà célèbre dans le monde entier, son engagement du côté de la République aurait eu un écho. Mais il était étonnamment passif. Il n'évitait pas le sujet, il était inquiet pour sa mère et pour ses amis à Barcelone, mais il ne ressentait pas le besoin de faire quoi que ce soit, un geste pour les aider, de leur envoyer de l'argent ou de faire venir sa mère chez lui à Paris. Sans parler de s'engager publiquement de quelque manière que ce soit. Paul, discret et plein d'égards qu'il était, ne savait pas comment le motiver.

J'étais sans arrêt malade. Je souffrais de migraines, et d'une dépression que je soignais en buvant plus que d'ordinaire, ainsi que par des excès de toutes sortes. Le décalage criant entre les nouvelles de la guerre et notre style de vie, ces deux réalités si différentes, me faisait enrager. Cette rage qui me saisissait quand je contemplais sur la plage les corps étendus et bronzés de mes amis se muait en douleur. Comme si la souffrance physique était pour moi la seule issue à cette situation psychique.

Ce n'est qu'aujourd'hui que je vois le lien entre les informations désespérantes et le plaisir avec lequel nous nous jetions dans la mer et riions à gorge déployée, comme des enfants totalement inconscients de leur environnement, avant de retomber sur le sable, épuisés. Ou alors, nos dîners s'étiraient loin dans la nuit, nous buvions du vin, cherchions des constellations dans le ciel nocturne. Comme si, plus les nouvelles étaient atroces, plus nous nous abandonnions aux plaisirs. Il y avait là du défi et du désespoir. Peut-être cherchions-nous ainsi à nous prouver que nous étions en vie ?

Un soir de juillet, dans notre chambre, il s'était approché de moi par derrière et m'avait fermement attrapée par la taille. Il avait les mains puissantes, les paumes rugueuses, la peau assombrie par le soleil. Il m'avait soulevée avec aisance, jetée sur le lit et s'était écroulé sur moi. Par la fenêtre ouverte, j'entendais sur la terrasse la voix de Paul et le rire de Nusch. Dans la chambre encore chaude du soleil de l'après-midi, je voyais sous mes paupières entrouvertes son visage, je sentais son poids, sa force. Au début de notre relation, sa rudesse me plaisait et je m'y abandonnais volontiers. La manière dont il m'abordait sans prévenir et m'agrippait sans demander la permission, comme si j'étais sa propriété. À l'époque, je prenais cela pour un signe d'amour.

Plus tard, sa voix m'avait tirée du sommeil. Dora, je veux te montrer ce que j'ai dessiné cet après-midi !

Il avait allumé la lumière. J'avais découvert posé sur le lit un petit dessin représentant une femme et un homme à tête de taureau. C'est toi et moi, tu vois, Dora et le Minotaure, avait-il expliqué avec fierté, attendant ma réaction.

Le dessin est brutal. Je le déteste. Je l'adore. Je ne m'en déferai jamais.

Sur le fond rouge se détache un corps de femme écartelé dans une position contrainte. Elle est étendue sous le corps noir et menaçant à la tête énorme. Le taureau écarte ses jambes avec violence, pour découvrir complètement son sexe, tout en tendant l'autre main vers ses seins. La femme n'oppose pas de résistance, mais elle ne le regarde pas non plus. Elle est passive. Au premier plan, son poignet est ceint d'un bracelet, ses doigts sont terminés par des ongles vernis. Essaie-t-elle de repousser la bête pour se protéger ? S'agit-il simplement d'une pose ? Il semble qu'elle n'a d'autre choix que de s'abandonner à l'animal vigoureux. On ignore les intentions de ce dernier : l'écarteler, la mordre ou la violer. Je vais te montrer, semble-t-il suggérer, tu vas goûter à mon pouvoir. Tu ne peux pas me séduire sans conséquences. Je suis ton maître. Je te soumettrai ! Le corps blanc et tendre ne trahit pas de tension. Elle s'abandonne à lui, elle s'étend sous lui comme un tapis.

Je me souviens qu'un silence désagréable avait régné dans la chambre. Je ne sais pas combien de temps j'avais regardé le dessin sans réagir. Déçu, Picasso avait quitté la chambre pour rejoindre Paul et Nusch.

Je déteste le rouge sombre qu'il a choisi pour le fond. Je le déteste aujourd'hui encore. Et la manière dont il se mue en orange et en jaune. Ce dessin n'a pas besoin de couleur, surtout pas celle du sang. La scène serait tout aussi sanglante en noir et blanc. Mais Picasso n'avait pas pu s'empêcher de dramatiser. La puissance du taureau noir et la blancheur impuissante et écartelée de la femme ne lui suffisaient pas. Il avait ajouté un rouge qui soulignait le sacrifice. Manifestement, la scène se déroulait à la fois dans une arène et sur une scène de théâtre : l'acte à venir n'avait rien d'intime. Au contraire, le Minotaure avait besoin d'un public, d'yeux, d'une multitude d'yeux. Il avait soif d'une démonstration de force devant témoins, de leur approbation, de leurs encouragements. Bravo, tu es le meilleur ! Montre-lui, vas-y ! Je peux presque entendre les hurlements de la foule, les hourras, l'excitation croissante. Je me suis couvert la tête de mon oreiller et j'ai plongé dans le noir, dans le silence. Je ne pouvais plus fuir nulle part. Pire, je n'en avais même pas envie. Même si la menace était là, que je la sentais déjà nettement dans mon corps.

Sur ce dessin, c'était moi. Ni Olga, ni Marie-Thérèse, ni aucune autre de ses amantes de passage dont il ne se rappelait pas les noms.

J'étais l'élue, j'étais la gagnante, j'étais marquée. J'étais à lui.

* * *

Je ressentais ce tableau de manière très émotive. J'étais fière, vaniteuse comme je suis. Mais quelque chose dans cette image me dérangeait profondément. Ce n'était pas tant la tonalité menaçante, sombre, violente de la scène, que mon visage qui ne montrait aucune peur. Impossible pour le spectateur de savoir si cette femme souffre ou prend du plaisir. Un artiste de moindre envergure n'aurait pas résisté à montrer une expression univoque. Il aurait peint une femme impuissante qui s'abandonne faute de pouvoir se défendre, mais dont les traits expriment l'horreur. Mais Dora est paisible, les yeux perdus dans le lointain, au-dessus du Minotaure, comme si elle attendait quelque chose – peut-être le plaisir. N'était-ce pas un présage limpide de notre relation perverse ?

Je suis convaincue que c'est justement cette dualité, et même cette multiplicité de sentiments différents que suscite le tableau, qui est intéressante. Le visage de la femme me déconcerte aujourd'hui encore : il a été peint précisément de manière à suggérer au spectateur diverses interprétations possibles, sans exclure le masochisme. Mais je ne vois le tableau ainsi que lorsque j'arrive à oublier que c'est une représentation de moi. Quand je le regarde avec la conscience qu'il s'agit de mon visage, alors je comprends que Picasso voyait encore en moi l'ex-maîtresse de Bataille. Comme homme et comme peintre, c'est la raison pour laquelle je l'attire. Même dans une position soumise, je fais preuve d'arrogance. Une telle femme, un homme se doit de la dominer, et elle doit s'habituer à la douleur et à l'excitation qu'elle procure. Mais son indifférence et sa maîtrise d'elle-même rendent le Minotaure fou, il devient encore plus enragé et avide de vengeance.

Je perçois également aujourd'hui sur ce tableau le sauvage désir sexuel du Minotaure. À demi-animal, il n'est lié à personne en particulier. Le visage a beau être le mien, ce n'est pas seulement moi, c'est n'importe quelle femme. Le taureau n'en a cure.

* * *

En contemplant ce dessin, je pense aussitôt au mythe du Minotaure, l'homme à tête de taureau, dont la mère Pasiphaé, l'épouse du roi Minos, avait été fécondée par un taureau. Un magnifique taureau blanc, que Minos avait refusé de sacrifier à Neptune, lequel s'était cruellement vengé. Minos avait fait construire un labyrinthe où il avait fait enfermer le Minotaure, lui offrant tous les neuf ans en pâture les plus belles jeunes filles et les plus beaux jeunes hommes d'Athènes.

Le labyrinthe est un lieu horrible, solitaire, sans issue. L'homme-taureau, bien entendu, le sait mieux que quiconque. D'où sa mélancolie. Une bête triste qui mange de la chair humaine pour survivre. Un cannibale que j'imagine parfois errant, désespéré, dans les couloirs sans fin. Il hurle, se tape la tête contre les murs. Il n'a ni compagnie, ni amour, ni espoir. Il attend juste la mort, mais Thésée, le héros grec qui va, avec l'aide d'Ariane, écourter sa pitoyable vie et venger les victimes athéniennes, n'est pas encore arrivé. Dans le cas de Picasso, il n'arrivera jamais. Le Minotaure du mythe désire la mort : la seule issue à sa souffrance.

Le Minotaure est-il responsable de sa nature cannibale ? Picasso, lui aussi, tel le taureau enfermé dans le labyrinthe, est prisonnier de sa créativité. Il craint la mort et a soif d'immortalité. Il accepte la condamnation à vivre dans le labyrinthe, à condition de pouvoir peindre. Lui aussi se nourrit des autres, absorbant l'énergie des êtres humains qui, dans son cas, se sacrifient volontairement. Sans doute est-ce plus facile pour ses victimes, car elles ne comprennent pas qu'elles en sont.

Est-ce que je ressens de la pitié pour le Minotaure, pour Picasso ? Qui suis-je pour avoir pitié de lui ? En quoi lui suis-je supérieure – car celui qui prend pitié fait en réalité montre de sa supériorité, n'est-ce pas ? Est-ce là mon orgueil qui parle ? Non, c'est ainsi que je me défends. L'orgueil est la parade de la victime quand elle se trouve nez à nez avec le Minotaure. Ce que l'on voit aussi sur le visage de la femme soumise sur le dessin. Mais mon destin est celui des jeunes filles et des jeunes hommes que lui envoie le Minotaure – la mort.

Picasso a aussi peint d'autres portraits de moi, surtout au début de notre relation. Le magnifique *Dora Maar sur la plage* est né peu après le tableau au Minotaure. Au premier plan, le visage, les cheveux courts ébouriffés par le vent. Les yeux grands ouverts vers le spectateur, un regard chaleureux avec une pointe de mélancolie. Le dessin respire une paix et une tendresse qui, j'en ai bien peur, n'est plus jamais réapparue. Les tons pastel dominent la mer et ma peau, comme s'il peignait une toute jeune fille. Comme si la rencontre avec le Minotaure n'avait jamais eu lieu.

Comme si rien ne s'était passé entre nous.

Dora-Adora a l'air d'être encore cette femme qu'elle était avant notre rencontre, indemne de sa rudesse, avais-je dit à Jacques. Ça me trouble. Encore aujourd'hui ? avait-il demandé. Oui, je reconnais que ce dessin a encore du pouvoir sur moi, avais-je répondu. Et je lui dirais la même chose aujourd'hui.

Toute notre relation était contenue dans Dora et le Minotaure – mon regard dompté et son corps puissant penché au-dessus du mien. Des yeux invisibles dirigés vers nous. Domination et soumission allaient se concrétiser au cours de nos sept années de vie commune. Comme s'il savait déjà en me dessinant ce qu'il allait advenir de moi. C'est ce qui faisait de lui un peintre génial. Picasso, en effet, se connaissait.

* * *

Il ne me suffisait pas d'être le modèle de Picasso, bientôt, j'ai voulu plus. Plus même que le statut d'*amante officielle.* D'ailleurs, être l'amante officielle présuppose l'existence d'une femme, Olga, mais aussi de l'amante secrète, Marie-Thérèse, qui lui avait récemment donné une fille, Maya. Picasso ne s'était pas justifié, ni ne m'avait fait la moindre promesse de changement. J'étais celle qui devait s'adapter à la situation. C'est ce qu'il attendait de moi, tout comme notre entourage. J'appartenais à l'avant-garde surréaliste, j'étais l'ex-maîtresse de Bataille – allais-je me comporter comme une petite-bourgeoise et faire des scènes de jalousie à Picasso ? Même s'il aurait aimé ça, car mon calme et mon absence de réaction à ses provocations le rendaient complètement fou.

Dans notre cercle, on s'attendait à ce que je prouve que j'étais au-dessus de ces émotions banales et des relations amoureuses ordinaires. J'avais tout d'abord dû m'en convaincre moi-même pour pouvoir rester avec lui. Olga avait déjà été brutalement rejetée. J'avais pitié d'elle. Et l'autre ? Elle était naïve, une jeune fille dévouée dont il s'était entiché du corps. Quand elle avait cessé de l'intéresser, elle se l'était attaché avec un enfant. Il ne lui rendait visite que pour voir la petite, m'avait-il assuré. Ils n'avaient aucun sujet de conversation. Avec Olga et ses avocats, il était en conflit au sujet du divorce. Quant à Marie-Thérèse, s'il lui était plus dévoué qu'à n'importe quelle autre femme, il ne se montrait pas avec elle en public. Elle n'avait aucune exigence. Rien de ce qui se passait hors des quatre murs de sa maison, où il jouait son rôle de mari et de père attentionné, ne l'intéressait. Et moi ? Moi, j'étais convaincue d'être différente d'elles. J'étais une artiste et une intellectuelle, politiquement engagée par-dessus le marché. Je gagnais ma vie. J'avais envie que Picasso me le reconnaisse et qu'il me respecte.

Mais j'étais jalouse, même si je faisais semblant de ne pas l'être. Chaque nouvelle femme dans sa vie signifiait une nouvelle phase de créativité. Le Minotaure se nourrissait de ma chair, mais aussi de la leur. Il était au-dessus de tout, il nous avait montré (comme ce pluriel m'est détestable !), par son comportement comme par ses peintures, que le rapport sexuel ne signifiait ni plus ni moins qu'un acte de cannibalisme. Il consistait non seulement à consommer le corps, mais également à posséder l'être tout entier. Une série de relations sexuelles ne présupposait pas l'intensification de la relation, pas plus qu'elle ne rapprochait nécessairement les deux personnes.

Mais celui qui se nourrit ainsi de chair féminine vivante doit avoir en lui quelque chose d'animal, de minotaure. Une personne créative est dangereuse pour autrui, car elle n'a pas d'égards, elle prend, s'approprie, vole, consomme, dévore, détruit tout sur son passage. Elle aspire l'énergie des gens qui l'entourent, et leurs vies aussi. Bien souvent, elle n'est même pas consciente du mal qu'elle leur fait. Elle ne demande pas, elle prend. Il n'y a aucune morale dans tout ça. L'absence d'empathie n'est-elle pas une caractéristique du psychopathe ? Pourquoi l'artiste ne serait-il pas un psychopathe ? L'artiste vole de la matière pour son œuvre. C'est la seule différence entre lui et un psychopathe.

Mieux vaut ne pas se retrouver à proximité d'un génie, mais c'est une sagesse *a posteriori* qui s'exprime ici. J'ai fait l'expérience du sexe sans intimité avec Bataille. Comme de l'intimité sans sexe, avec Picasso, des années après notre rupture. Mais au début de notre relation déjà, j'étais à mes yeux différente de ces deux autres femmes. Pas juste un modèle, pas juste une amante, mais aussi une partenaire. J'espérais pouvoir le toucher en tant qu'artiste. Hélas, il ne cherchait absolument pas la compréhension, mais l'adoration.

Aujourd'hui, je sais que je me suis lancée dans cette relation avec des présupposés erronés. Le pire, c'est que je ne cessais de m'excuser auprès de lui pour mon comportement qui, manifestement, découlait d'un malentendu, du conflit entre mes attentes et les siennes. Je lui reprochais son attitude, je me vexais quand il me rabaissait ou se moquait de moi devant les autres. Quand je lui faisais des scènes de jalousie, il retournait la situation, si bien que je me sentais coupable, et que je m'excusais. Combien de fois ne lui ai-je pas écrit : *Perdoneme per esas escenas… tratare de corregirme. Perdoneme, perdoneme, perdoneme* – au point que ce « pardonne-moi » devenait ma prière à Dieu pour ma très grande faute.

* * *

Tandis que je feuillette l'album de vieilles photographies, par exemple celles de 1937 à Antibes, je remarque pour la première fois que même pendant cet été des débuts romantiques de notre relation, j'avais déjà l'air malheureuse. Mon visage sombre, pensif, jure avec la joyeuse compagnie autour de nous. Est-ce que j'étais prétentieuse, contemplant le monde du haut de ma victoire, comme certains ont pu le croire ? Non, non, je pense que si je suis renfrognée, c'est parce que je n'étais pas sûre de moi. En réalité, j'étais furieuse. En colère contre Picasso, bien entendu. Pourquoi est-ce que tu es tout le temps de si mauvaise humeur ? me demandaient les autres. Ce n'était pas, comme en étaient convaincus ses amis et les miens, uniquement à cause des autres femmes, pas même celles de passage à usage unique, comme il les qualifiait cruellement. Je le partageais avec Marie-Thérèse et Maya – oh oui, même sa petite fille entrait dans cette catégorie, même son chien Kazbek, et Sabartés, et la gouvernante Inès, et le chauffeur Marcel. Je le partageais avec trop de gens.

Cet été-là, notre deuxième été ensemble, nous étions descendus à l'hôtel *Vaste Horizon*. C'était un établissement petit mais confortable. Il possédait une terrasse ombragée de canisses où nous passions plus de temps que sur la plage. Picasso avait eu une brève aventure avec Nusch et Lee. Paul, qui en avait été témoin, n'avait pas eu un seul mot de protestation. Il était honoré, et Picasso le savait. Dieu en personne lui avait pris sa Nusch, quel privilège ! Comment refuser la femme d'un ami qui s'offre ouvertement ? Picasso n'avait pas voulu le blesser, il avait pensé faire plaisir à Paul. Paul était content, l'aventure confirmait son bon goût et son statut aux yeux de Picasso. Elle validait leur amitié mutuelle qu'aucune femme ne pouvait mettre en danger, pas même l'adorée Nusch. Il avait bien déjà laissé Gala à Dalí. Mais Nusch n'intéressait Picasso que de manière passagère.

Je n'avais pas réagi aux ébats sexuels de Picasso avec Nusch. Je m'efforçais de ne pas montrer mes véritables sentiments. Je croyais que les photographies de Man Ray n'allaient pas les révéler, oubliant que la mission de tout photographe qui fait des portraits est précisément de faire ressortir l'invisible chez les gens. Ce cliché sur lequel nous sommes tous les deux assis sur les escaliers de la terrasse des Cuttoli, à Antibes, en dit long. Picasso est légèrement renfrogné, nous venons de nous disputer. Il est concentré sur l'objectif et abandonné à l'instant, comme quelqu'un qui n'a que faire de ce qui se passe autour de lui. Il était capable de faire instantanément abstraction du monde autour de lui, ou de s'abstraire du monde. Il y a aussi Man Ray, qui est à la fois photographié et photographe, sa compagne Ady bavarde, insouciante, avec Marie, dont le mari s'efforce d'avoir l'air sérieux, mais un petit sourire pointe sous sa moustache, car c'est l'été, des amis sont en visite, on va déjeuner, se baigner, s'amuser… J'ai l'air d'être une étrangère parmi eux. On dirait que je m'ennuie, ainsi recroquevillée sur mes jambes serrées, habillée comme une lycéenne. Un observateur attentif, comme je le suis aujourd'hui, perçoit derrière le masque une once non seulement de colère, mais aussi de tristesse. Il s'agit bien d'un masque, de mauvaise qualité qui plus est : il révèle au lieu de dissimuler.

Est-ce que je me comparais avec Nusch et Lee ? Avais-je peur de la comparaison ? Je ne me considérais pas comme particulièrement belle. Je ne correspondais pas au canon féminin moderne comme Lee et Jacqueline – petits seins, hanches étroites, longues jambes. Entrer en compétition avec ces beautés sur leur terrain aurait été absurde. Mon corps, comme mon visage, avait vraiment une disharmonie slave, une disproportion qui ne me dérangeait pas outre mesure, mais dont j'étais consciente. De petits seins, la taille fine, mais des hanches larges et des jambes courtes aux cuisses fortes. J'étais taillée d'une manière complètement différente de ces filles, de mes amies, de Maman. Tu n'as rien pris de moi, je suis sûre que tu ressembles à Barica[8] – me disait-elle à Buenos Aires déjà, ce qui signifiait que j'étais du type paysan, une femme faite pour le travail physique et l'enfantement, exactement comme ma grand-mère croate Barbara. En tant qu'artiste nommée Dora Maar, mon arme n'était pas mon corps, mais mon talent. Je soignais l'aspect énigmatique de mon apparence. La nudité n'était pas à mon avantage. Elle n'était censée apparaître que dans la chambre à coucher et sur les tableaux.

Je me rappelle les maillots de bain que nous portions à l'époque ! Quand j'étais venue rendre visite à Lise Deharme, ne sachant pas encore que j'allais rencontrer Picasso, j'avais emporté un simple maillot une pièce. J'avais ajouté un deux-pièces en fine toile rayée, avec une sage culotte taille haute et deux pans de tissu qu'on attachait sur le ventre comme un foulard. Cette coupe était considérée comme osée. Nusch, Lee et Jacqueline en avaient des semblables. Le modèle de natation, plus couvrant, m'allait mieux, mais le tissu était plus épais, et retenait l'eau, si bien que j'avais dû vite passer au deux-pièces.

Une photographie d'Eileen Agar prise cet été-là me montre en costume de bain, aux côtés de Nusch. Ses jambes sont d'une maigreur quasi maladive, dans un maillot qui, sur elle, pend comme un bout de chiffon. Non, je n'avais pas peur de la comparaison. Orgueilleuse comme j'étais ! Je suis rarement sur les photos de nos vacances à Mougins à cause de mon désir de photographier, mais aussi parce que l'appareil m'offrait la possibilité de me détacher, de ne pas faire partie de la « famille », ou du groupe de Picasso. Ce rôle me servait de prétexte pour m'éloigner de leurs jeux, qui ne me plaisaient pas. Je n'étais pas comme

8. Barica : diminutif de Barbara en croate (N.d.T.).

Man Ray qui après avoir réglé l'appareil, s'installait au premier rang pour figurer sur son propre cliché. Nous nous moquions gentiment de son narcissisme. S'inclure dans la joyeuse bande d'amis signifiait participer à leurs jeux de séduction, d'exhibition et de regard. Ces amusements ne me plaisaient pas.

Je ne suis pas non plus sur le cliché des trois femmes aux seins nus, Nusch, Lee et Ady, même si j'étais dans les parages. Seule Ady regarde directement l'objectif de Roland Penrose, avec une grimace stupide. Nusch lui offre son profil, et Lee l'ignore. Avaient-elles trop chaud ? Avaient-elles enlevé leurs soutiens-gorge pour bronzer ? Montrent-elles leur beauté et leur disponibilité ? Les deux hommes sur la photographie, Paul et Man, sont eux habillés. Les femmes s'exposent sur le cliché, devant le photographe et devant les hommes de leur bande. Peu importe qu'ils soient devant ou derrière l'objectif, elles sont les objets de désir d'hommes habillés. Et de l'invisible Picasso, qui les observe.

Pour moi, cette photo est l'illustration de l'atmosphère érotique qui régnait à Mougins. J'étais là mais en réalité, c'était comme si je n'y étais pas. Je les regardais, et je n'avais pas envie de les voir. Il ne m'a pas traversé l'esprit un seul instant de retirer mon soutien-gorge et de me promener à moitié nue. Ça aurait signifié m'intégrer à un groupe où, peu importe qui était avec qui, nous étions toutes là en tant que membres du harem de Picasso. Comment, ainsi exposée, aurais-je pu conserver la dignité que je cultivais avec tant de soin ? Nue, j'aurais dû renoncer à être celle que je voulais que les autres voient. J'avais presque trente ans, et je me prenais très au sérieux.

Picasso avait même inventé pour moi un rituel particulier que je trouvais pire que de marcher nue devant eux. Il tournait ma fierté en ridicule en me forçant à poser pour lui chaque matin. Il convoquait ensuite une réunion, pour disserter autour du tableau. N'est-elle pas comique avec son regard triste ? leur demandait-il, et ils hochaient la tête à l'unisson et l'approuvaient, comme si je n'étais pas là.

La reine Dora est avec Picasso. Mais elle a perdu sa hauteur, elle a déjà envie de pleurer. Elle a les mains qui tremblent, peut-être aussi les lèvres, mais elle se contrôle, il le faut. Elle ne versera pas une larme devant eux. Elle répondra aux moqueries par le mépris[9].

* * *

J'étais nerveuse et irritable. Picasso en pressentait la cause. Il me raillait en m'appelant sa gardienne privée des bonnes mœurs. Il disait qu'il était déçu, qu'il avait attendu bien plus de la maîtresse de Bataille. Mes larmes l'amusaient. Il me répétait que je prenais les choses trop à cœur. Détends-toi, Dora, profite, disait-il. Je pensais qu'il disait cela parce qu'il tenait à moi, que j'étais au centre de son intérêt, et ces autres femmes à la périphérie, juste provisoirement là, à disposition – qu'importe s'il les désirait de temps en temps ? Malgré tout, je n'avais pas cédé, j'avais refusé de participer à ses jeux sexuels. Il n'avait pas réussi à me mettre là où était ma place – prétendait-il. De quelle place s'agissait-il ? Dans tous les cas, pas la position privilégiée que je convoitais. Son comportement me poussait à être sur mes gardes, mais j'avais réussi à passer outre ce sentiment.

La cause de mon intranquillité et de mon inquiétude n'était pas seulement Picasso et ses escapades sexuelles. Je n'appartenais pas tout à fait à cette joyeuse compagnie. Au contraire, leur comportement avait fini par m'ennuyer. Je me sentais perdue et exclue d'un monde dans lequel

9. À cet endroit, le manuscrit s'interrompt, et suit une page blanche et demie. Il semble que Dora ait laissé un vide dans l'intention de compléter son texte, ce qu'elle n'a pas fait. (Note de l'autrice.)

les Espagnols se battaient, et où l'Allemagne était sous la coupe d'un peintre raté aux moustaches ridicules avide de conquérir le monde. Picasso l'imitait à la perfection, il amusait tout le monde au dîner, mais les choses en restaient à des rires, des discussions politiques, des discours. Cette fuite face à la réalité m'apparaissait petite-bourgeoise et lâche. Était-il possible que les artistes radicaux qui m'entouraient soient en réalité des petits-bourgeois insensibles ? Non, c'était impossible. J'avais un problème, moi, d'où mon insatisfaction et ma colère. J'étais rongée par la jalousie et la peur, mais j'étais incapable de me l'avouer.

Mon humeur se répercutait sur notre relation. Tu es trop fière, me disait-il. Mais c'est précisément de ça que tu es tombé amoureux, d'une photographe exotique et arrogante, n'est-ce pas ? Oui, c'est vrai, confirmait-il d'un ton ironique qui me faisait enrager. Mais à l'époque, je ne te connaissais pas. Sur ce, je quittais la chambre furieuse en claquant la porte. En général, nos disputes se déroulaient devant témoins, dont certains ne cachaient pas leur joie mauvaise. J'étais seule avec moi-même dans mon isolement têtu. Et contrainte par-dessus le marché de regarder et d'immortaliser ces divertissements. Même quand je n'y participais pas physiquement, je faisais malgré tout partie du jeu.

Je photographie ainsi Picasso en train de rejoindre deux femmes sur un lit. Les personnes présentes dans la chambre savent très bien ce qui va se passer, moi y compris. Je suis là comme témoin. Il tient à ce que je sois présente, même s'il sait que ça me fait du mal. Je me dis : *après tout, le voyeurisme fait partie de ma profession.* Ce qui ne signifie pas que la scène que je photographie soit moins douloureuse.

Peut-être aurais-je dû immédiatement céder à toutes ses exigences, être encore plus soumise, je me serais ainsi épargné bien des souffrances. Pourquoi ai-je opposé tant de résistance ? Ce n'était qu'une question de temps avant qu'il ne me réduise à ma propre contradiction, à une vulgaire femme jalouse qui lui fait des reproches et des scènes. Après un an seulement, j'avais déjà perdu mon aura de mystère. J'avais piétiné ma fierté. Pourtant, je croyais encore que si je m'abandonnais totalement à lui, si je me mettais à sa merci – comme lorsqu'un petit chien se couche sur le dos devant un plus gros – il me réserverait un sort plus indulgent.

Je comptais sur sa clémence. Mais Picasso ne connaissait pas la clémence. Après cet été-là, il a commencé à déformer mon visage sur ses peintures. Jusqu'à ce que je devienne un monstre à peine reconnaissable.

Si j'étais triste, ce n'était pas seulement à cause des autres femmes, mais aussi parce que j'avais compris que je ne serais jamais seule avec lui, que je ne l'aurais jamais pour moi seule, à cause de la manière dont il se consacrait intégralement à sa création, pour laquelle j'avais une admiration infinie, mais qui ne laissait pas le moindre espace pour une autre personne. Quant à l'hyperactivité sexuelle à laquelle il s'était adonné – peut-être à cause de mon refus d'y participer –, elle était censée me prouver que le sexe n'impliquait aucun engagement. Seule la peinture était un acte de possession totale d'une personne. Par rapport à la peinture, le sexe était, bien entendu, quelque chose de fugace, de secondaire et de bien moins important, m'expliquait-il.

La peinture était pour lui un acte magique, comme pour moi la photographie. Je connais bien ce sentiment, quelque chose de la personne reste sur le cliché, sur la toile. Après tout, les portraits sont aussi l'empreinte interne de l'individu. Mais ce grâce à l'œil et à la main de l'artiste, car la véritable rencontre a lieu sur la toile, pas au lit. Je ne dis pas que le lit soit exclu, juste qu'il ne suffit pas. À lui, le sexe ne lui suffisait certainement pas. Son désir de possession était infini et prenait des milliers de formes. Et il pouvait, après un certain temps, devenir dangereux pour l'autre personne.

* * *

Quand ils parlent de moi, les autres partagent ma vie entre l'avant et l'après Picasso. Même mes amis en parlent ainsi, ils emploient précisément cette formule. Quant à moi, je vois les choses différemment : il y a l'avant et l'après *Guernica*[10].

Notre rapport, malgré tout, n'était pas qu'amoureux. Pendant une brève période, tandis qu'il travaillait sur *Guernica*, j'ai aussi été sa partenaire. Cette collaboration avec lui m'a amenée à croire que nous pourrions à l'avenir être ensemble comme je le voulais. Nous pourrions travailler ensemble, peut-être même créer une œuvre en commun. Jamais, pendant ses phases de création, Picasso ne s'est ouvert à quelqu'un comme à moi. Christian Zervos, de *Cahiers d'Arts* m'avait engagée pour photographier la naissance de *Guernica*, mais il suivait en réalité l'idée de Picasso : immortaliser en photos non les étapes de la naissance du tableau, mais ses métamorphoses.

J'ai participé au *Guernica* de Picasso dès les premiers instants. Avant même qu'il ne décide du thème de sa grande toile pour l'Exposition universelle. J'ai pu faire ce qui n'était permis à nul autre, pas même à Brassaï. J'ai photographié et participé à toute son élaboration, de

---

10. Ici, il y a dans le cahier des traces de colle. Nous supposons qu'une photo était collée sur cette page, mais impossible de savoir laquelle, étant donné qu'elle s'est vraisemblablement décollée et est tombée du cahier. Cependant, étant donné que Dora décrit ensuite une photographie de *Ce soir* datée du 1er mai 1937, il s'agit probablement de cette photo. (Note de l'autrice.)

l'installation de la toile sur son cadre aux premiers coups de crayon. Ma main, mon coup de pinceau ont laissé une trace sur le tableau même.

Je me souviens de ce premier mai. Le journal *Ce soir* avait rapporté la nouvelle du bombardement de cette petite ville basque où les gens avaient, quelques jours auparavant, péri par centaines. Picasso suivait les nouvelles d'Espagne, mais plutôt par l'intermédiaire de ses visiteurs et par moi, par nos analyses et nos commentaires. Il recevait la visite d'amis et d'Espagnols inconnus qu'il aidait. Doña Maria avait écrit une longue lettre inquiète... Pourtant, on aurait dit que cette guerre civile qui faisait rage dans son pays natal n'était pas la sienne. Il ne s'intéressait qu'aux événements qui mettaient en danger sa capacité à peindre, tout le reste était sans importance. Il avait réagi de manière tout aussi étrangement indifférente quand avait éclaté la Première Guerre mondiale, à laquelle il était trop âgé pour participer. La guerre ne le touchait que par l'intermédiaire du destin des autres, par le biais de ses amis, par exemple Apollinaire, qui avait été grièvement blessé au front.

Mais le bombardement allemand de Guernica n'était plus une question politique. C'était le premier bombardement de civils, un massacre pur et simple, que rien ne pouvait justifier.

Lis, toi, me disait-il. Le français était ma langue maternelle et il m'était plus facile de lire à voix haute. Je sais, j'ai déjà vu, m'avait-il dit quand j'étais apparue à sa porte, bouleversée, brandissant *Ce soir*. Des Espagnols étaient passés avant moi. Il*s* lui avaient montré le journal. Je regardais fixement la photographie. Tout en moi tremblait de rage. Ma voix et mes mains, et, me semblait-il, mon cœur lui-même. Je ne peux me résoudre à l'indifférence, à l'impuissance ! Je dois faire quelque chose ! hurlais-je, hors de moi, tandis que José Bergamín s'essuyait le visage de son mouchoir, stupéfait, et que Picasso arpentait la pièce. Calme-toi, calme-toi, répétait-il d'un ton peu convaincant, sans qu'on sache s'il s'adressait à moi ou à lui, lui-même visiblement ébranlé. Je détestais son apolitisation, ou plutôt, pour employer ses mots, son « autre forme d'engagement politique ». Mes convictions selon lesquelles tout le monde, y compris les artistes, devait exprimer ses opinions politiques publiquement et s'engager, il les qualifiait d'idéologie naïve. L'implication de l'artiste se lit dans son œuvre – n'avait-il pas justement révolutionné la peinture ? N'avait-il pas jeté au visage des bourgeois leurs conceptions du beau, leurs cadres dorés et leurs portraits de nobles et de notables ? Il racontait à ses amis communistes qu'il était, bien entendu, du côté des prolétaires, cela ne se voyait-il pas à sa vie ? Il disait la même chose aux Républicains. Mais la guerre faisait rage, et ils demandaient des preuves, du concret, un engagement.

Je me souviens que je me suis effondrée sur une chaise. La rumeur de la rue parvenait par la fenêtre, le ciel était d'un bleu de cobalt, et la journée ensoleillée semblait en insupportable décalage avec les nouvelles d'Espagne.

J'ai été prise d'un accès de rage, l'une de mes crises d'hystérie, *l'attaque*, comme pour mon père, d'après Picasso. J'avais déjà composé dans ma tête une lettre de protestation, une déclaration, un document quel qu'il soit, la preuve que nous ici, du moins certains d'entre nous, compatissions. Nous avions vu cette brutalité, nous élevions la voix contre le fascisme. Mais ce ne serait que des mots, des mots, des mots... Je pouvais bien coucher sur le papier des millions de mots, qui mis bout à bout pouvaient bien former une bande assez longue pour faire cent fois le tour du globe terrestre, rien ne changerait pour autant. Notre groupe Contre-Attaque allait à nouveau se réunir – combien de fois l'avions nous déjà fait ? – et je nous voyais déjà discuter du texte, faire des ratures, nous disputer sur des formulations tout en buvant nonchalamment du vin rouge. Ils le signeraient tous, de Paul à André, aucun doute là-dessus, peut-être même que Picasso aussi. Et les journaux, du moins le *Ce soir* d'Aragon, publieraient notre appel – humaniste, intellectuel, artistique. Je ne dis pas que les mots soient sans importance et dénués de sens, même s'ils ne rendent pas la vie aux victimes. Mais dans certaines situations, ils sont une arme trop faible. Fallait-il prendre un fusil ? Ou n'importe quelle autre arme ? Certains l'avaient fait, son ami Apollinaire, par exemple. Quelle arme avions-nous à notre disposition à part les mots, ces petits insectes noirs, plus minuscules que des fourmis, alignés sur le papier ? La peinture, peut-être. Et la photographie. Regarde ! lui avais-je crié au visage en lui montrant la page de *Ce soir*. Tu n'as plus le droit de te taire ! Ton silence devient impardonnable.

De plus en plus de gens affluaient dans l'atelier, comme s'ils ne croyaient pas aux informations des journaux. Ils cherchaient une confirmation auprès de Picasso. Ou parce que dans des instants pareils, on ne peut être seul. Et même si personne n'a dit quelque chose de la sorte, l'attente d'une réaction de la part de Picasso, ce jour-là, était palpable. Pour finir, il n'a plus pu se défiler. Pas tant à cause des pressions qu'à cause de la commande pour l'Exposition universelle. Il ne cessait de la remettre à plus tard, car il ne savait pas quoi peindre. Mais cette photographie du bombardement, la première représentation visuelle de l'horreur, lui avait fait assez forte impression pour l'inspirer.

L'origine de *Guernica* était une photographie ! Étant donné qu'il tenait cette discipline pour un art « mineur », Picasso n'y a pas vu de signe. Incroyable, mais il n'a même pas pris conscience de ce fait ! Au premier plan de la photo de presse en noir et blanc, posée sur la table entre les restes de peinture, les monceaux de mégots et les verres sales, des cadavres humains gisaient au milieu des ruines d'un bâtiment sur une place. Non, il n'y avait pas le moindre animal, pas de chevaux ou de taureaux, qui sont par la suite apparus sur son tableau. Pas de femmes non plus – il était impossible de déterminer le sexe des dépouilles qui jonchaient le cliché. Je ne saurais dire d'où lui sont venues ces figures d'animaux qu'il a peintes. Manifestement, il ne pouvait représenter la mort, la mort de l'Espagne, sans deux figures symboliques clé, le cheval et le taureau. Pas plus que sans des mères et leur douleur à cause de la mort de leurs enfants. Et pourtant, nul avion dans le ciel. Rien ne soulignait qu'il s'agissait d'un bombardement allemand de civils espagnols. C'étaient des détails sans importance en regard des victimes. Comme il l'a déclaré par la suite, la cause de la mort et de la souffrance était la guerre en elle-même.

Le gouvernement républicain d'Espagne avait, auparavant déjà, demandé à Picasso de peindre une fresque pour leur pavillon à l'Exposition universelle, qui s'ouvrait le 4 juin à Paris. Il avait accepté à contrecœur, comme toujours quand il s'agissait de commandes. Un espace avait déjà été réservé. Il n'avait pas la moindre idée de ce qu'il pourrait bien peindre. Il évitait de représenter des scènes en lien avec la révolution. On chuchotait que le plus grand peintre espagnol était peut-être un franquiste caché ! Contraint de défendre sa réputation, il avait écrit le pamphlet *Songe et mensonge de Franco*, illustré de gravures. L'ensemble n'avait pas eu le retentissement escompté, pas plus qu'il n'avait assis la réputation de Picasso comme républicain et antifasciste.

Je connaissais bien son langage corporel. À la manière dont il observait l'image avec concentration, et me regardait fixement tandis que je m'emportais, et que les autres autour de nous racontaient tous en chœur les détails du massacre, je savais que dans sa tête, il avait déjà trempé son pinceau dans la *tempera* noire, et tracé les premières esquisses : une tête de femme, un cheval, une main. Il a lancé d'un ton décidé : ce tableau s'appellera *Guernica* ! Son visage s'était illuminé, il a même souri et m'a lancé un regard complice. Notre mission à Paul et moi, le pousser à prendre position, avait abouti. Je me suis approchée de lui, transportée, et l'ai enlacé, ce qui n'était pas dans mes habitudes. Picasso m'a contemplée, surpris par mon émotion. J'étais si fière ! Comme si j'étais allée à Guernica moi-même pour prendre cette photographie afin qu'il la voie. En l'observant, j'avais compris qu'il avait pris sa décision à cause de la photo, dont il ne pouvait détacher son regard. Malgré ses déclarations selon lesquelles la photographie n'était qu'un pis-aller pour la peinture, car chaque photographe, selon lui, désirait secrètement être peintre.

Déjà, il était sorti en toute hâte commander une toile de format 7,82 × 3,51 m chez le magasin de fournitures d'art Casteluche, où travaillait son camarade Jaime Vidal. Je connais les dimensions exactes, car je l'ai aidé à mesurer la hauteur et la largeur des murs de l'atelier.

* * *

Il avait commencé par travailler sur des esquisses. Mais les feuilles étaient soudain trop petites, il y en avait trop peu. Les croquis se succédaient, se poursuivaient d'une feuille sur l'autre, volaient dans l'atelier comme des oiseaux de mauvais augure. Il avait travaillé pendant des jours, comme s'il avait peur que ses idées lui échappent s'il ne les fixait pas à l'instant. Et quand la toile était arrivée, ce n'était pas celle qu'il voulait, elle était de trop bonne qualité, ce qui l'avait mis en colère. Mais il avait hâte de commencer et il avait pris ce que le marchand lui avait livré. C'était à présent une course contre la montre, car nous étions déjà presque à la mi-mai, l'exposition commençait quelques semaines plus tard. En général, il travaillait exclusivement sur de mauvaises toiles bon marché, car il s'imaginait ainsi rouler la bourgeoisie qui, alors déjà, payait sans rechigner des sommes folles pour le moindre coup de pinceau sur un morceau de toile au rabais. Parfois, il me semblait qu'avec sa peinture, il se comportait comme un enfant qui refourgue malicieusement aux richards ses gribouillis en les faisant passer pour de l'art. Mais je savais qu'il prenait sa personne et son art trop au sérieux pour que ça soit vrai. S'il était capable d'ironie sur lui-même, il adorait sermonner les imbéciles se risquant à lui demander ce que représentait le tableau et jouer avec les acheteurs comme le chat avec la souris, leur donnant des prix à la tête du client. Mais ce qu'il aimait par-dessus tout, c'était qu'on le célèbre comme le plus grand des artistes modernes.

Il avait tout d'abord fallu installer la toile dans l'atelier. Elle était énorme, et ne tenait qu'inclinée. Bien entendu, il devait travailler sur un escabeau, avec un long pinceau. On le voit sur mes photographies Les préparatifs avaient traîné en longueur, il nous avait fallu du temps pour tout mettre en place avant qu'il puisse commencer à peindre. Ensuite, combien de fois n'a-t-il pas recouvert ce qu'il avait fait pour recommencer à zéro ? Cela m'a rappelé à quel point, en photographie également, les préparatifs étaient longs, il fallait choisir le bon angle, installer la lumière pour qu'elle tombe exactement comme je l'avais imaginé…

J'étais, de fait, tout excitée de faire à nouveau ce que j'aimais le plus au monde. Il y avait bien longtemps que je n'avais rien fait, à part des photos d'amis au passage, pas de studio, pas de montages surréalistes. Cela m'attristait, mais je savais que je n'avais pas le temps de pleurnicher sur mon sort. Je devais moi aussi me préparer, étudier l'atelier, travailler la lumière, mettre en place le trépied. En m'affairant à ces tâches, j'ai été envahie d'une paix que je n'avais plus ressentie depuis l'époque où je m'enfermais dans une chambre noire pour développer des photos pendant des heures, seule, dans le silence.

* * *

Je n'ai jamais été aussi satisfaite que ces quelques semaines. Nous travaillions ensemble tous les jours, de l'aube au crépuscule, en accéléré, presque hystériquement. Il n'y avait pas de temps pour les pauses, ni pour les discussions avec les amis et les dîners qui s'éternisent. Nous recevions de la visite, Paul, Zervos, Malraux, Cassou et d'autres camarades, mais nous étions la plupart du temps seuls. Nous parlions peu. Mon œil suivait sa main dans une harmonie parfaite, nos rythmes s'accordaient dans le silence. Rien ne troublait nos concentrations respectives. Il s'habillait parfois presque solennellement, mettait une chemise blanche et même une cravate. J'enfilais une blouse blanche dont je retroussais les manches, je n'avais pas le temps pour mes tenues noires et mes chapeaux habituels, pas le temps de flirter et de poser. Un calme agréable régnait dans l'atelier. Peut-être pour la première fois depuis que nous étions ensemble, j'étais paisible et contente.

Il m'est difficile de décrire aujourd'hui précisément cette forme de communauté, ce sentiment d'appartenir à la même réalité, au même moment. C'était avant tout une sensation d'harmonie qui ne provenait pas d'une intimité physique, mais de la compréhension mutuelle de deux personnes qui créent ensemble. Nous communiquions par le regard, d'un hochement de tête ou d'un geste de la main. Je l'ai photographié sur l'escabeau en bois, accroupi dans un coin de l'atelier, ou surpris en plein mouvement. Parfois, il posait. Deux de ces clichés me sont particulièrement chers. Sur l'un d'entre eux, on dirait qu'il s'est soudain retourné vers moi, et son visage exprime une surprise réjouie. Je me souviens, c'était vers la fin de notre travail en commun, le tableau était déjà presque fini, et nous étions épuisés. Tiens, à ton tour, prends un peu le pinceau, m'avait-il dit en plaisantant à moitié. Les grands maîtres de la Renaissance avaient des apprentis qui fignolaient leurs tableaux. Imagine que je suis l'un de ces maîtres, que tu veux te faire engager dans mon atelier, c'est ton examen d'entrée.

Cela exigeait-il un certain courage de ma part ? Oui, j'étais consciente que Picasso ne confiait jamais ce genre de tâche à personne, mais je ne pouvais pas me défiler, j'aurais donné l'impression d'avoir peur. J'avais repris la peinture du cheval là où il s'était arrêté. Ma main était sûre, mes gestes fermes et réguliers. Il avait allumé une cigarette, et s'était installé derrière moi pour me regarder travailler. Il ne disait rien. Son regard s'était posé sur mon dos et sur mon bras comme une caresse. Je ne m'étais pas pressée, je m'étais arrêtée après avoir tracé quelques lignes. Pas mal, avait-il dit, tu es embauchée.

Sur la photo que j'ai prise juste après, sa tête surgit derrière l'escabeau. Là aussi, il a l'air content. Mais à cause de la manière dont la lumière tombe, ses rides se voient plus. La photographie lui a plu, particulièrement sa composition. Ce qui ne l'a pas empêché de faire remarquer qu'il avait l'air vieux dessus.

Concentrés sur la toile, nos corps et nos mains épousaient nos pensées. J'ai ressenti en ces instants plus de plaisir que lorsque nous faisions l'amour. Je me suis dit que pour nous deux, le sexe n'était qu'une étape vers un sentiment d'intimité encore plus fort. Car quand tu as ressenti cette autre forme de proximité, l'intimité physique devient une simple manifestation superficielle de la relation, le contact des peaux, et non des êtres.

Peut-être me sentais-je ainsi car Picasso, tandis qu'il peignait *Guernica*, n'était pas le Minotaure. Nous étions amants, mais nous étions aussi des artistes, et donc égaux d'une certaine manière. Ces semaines-là, tandis que je le photographiais en train de travailler, je ne lui étais pas soumise, je créais moi aussi.

* * *

Au fil des jours, sa peinture s'est faite de plus en plus sombre. Sur la surface blanche aux grandes lignes à peine esquissées, les ténèbres envahissaient progressivement l'espace. Toujours plus de personnages hurlants, de cadavres déchiquetés et d'animaux terrifiés qui semblaient fuir l'obscurité. Le fond tout entier était saturé de noir et de gris, menaçant de couler de la toile et d'inonder l'atelier, la cage d'escalier, la rue, la ville. Pour nous noyer tous dans cette noirceur. Pourtant, sur mes photos, Picasso sourit ! Tandis que son pinceau barbouille la toile de noir, il sourit à mon objectif. Il me sourit à moi, rien qu'à moi. Notre relation était vraiment différente, idéale. Si tant est que cela soit possible avec Picasso.

Un événement pourtant m'avait profondément bouleversée durant cette période. À cause de *Guernica*, il n'avait pas le temps d'aller voir Maya. Marie-Thérèse était venue à l'atelier. Elle m'y avait trouvée. C'était la première fois que je voyais sa maîtresse blonde qui satisfaisait tous ses fantasmes, soumise et caressante comme une peluche. Il l'avait saluée comme un père qui se sent coupable et qui invente en vitesse un cadeau pour son enfant mécontent. Juché sur l'escabeau, il avait dit en désignant la peinture d'un ample mouvement : Ce tableau, *Guernica*, est pour toi. Marie-Thérèse avait à peine accordé un regard à l'immense toile. Elle pressentait que Picasso voulait se racheter avec ce cadeau, qui ne signifiait pas grand-chose pour elle. Elle ne l'avait pas remercié, mais elle n'avait pas osé l'attaquer, et s'était tournée vers moi. J'ai une fille avec cet homme. Ma place est à ses côtés. Partez, vous n'avez rien à faire ici, m'avait-elle lancé.

J'étais restée interdite. Elle n'avait pas la moindre idée de la guerre civile en Espagne, ni de ce qui s'était produit à Guernica. La politique ne l'intéressait pas. Je travaillais dans cet atelier, je photographiais. J'ai essayé de lui expliquer calmement qu'elle se trompait. J'avais de bonnes raisons d'être là avec Picasso. J'avais oublié que les femmes-enfants ne prennent pas de décisions seules, elles demandent toujours l'avis de leur papa. Laquelle de nous deux doit partir ? l'avait-elle interpellé, avec le plus grand sérieux. J'ai perdu mon calme et ma dignité, son comportement m'a rendue folle. Mais ce qui m'a encore plus mise en rage, ça a été sa réponse à lui, ou plutôt son verdict. Arrangez-vous entre vous.

Je n'avais pas encore bien compris ce que lui, mon partenaire, avait dit, quand Marie-Thérèse m'a agressée. Elle m'a poussée et, prise au dépourvu, je suis tombée par terre. Elle s'est jetée sur moi de tout son poids. Du coin de l'œil, je voyais le visage de Picasso, son sourire ironique tandis qu'il continuait paisiblement à peindre au sommet de l'escabeau, dominant la scène belliqueuse depuis les hauteurs. Le spectacle devait valoir la peine. En réalité, je m'étonne qu'il n'ait pas ri, applaudi bruyamment et lancé des encouragements, comme s'il était assis au premier rang au cirque, ou dans une arène devant un combat de taureaux. Deux lutteuses, deux femmes se battaient sous ses yeux pour lui. Marie-Thérèse était vigoureuse, jeune, athlétique. J'étais agile et je savais me dégager. Il n'y a pas eu de vainqueur. Nous sommes restées toutes les deux par terre, couvertes de poussière et de peinture. Mais j'avais tout de même, parce que je l'avais laissée m'entraîner dans une bagarre, le sentiment d'être la perdante. J'avais perdu la face.

Picasso aurait tout fait pour égratigner ma fierté, qui l'exaspérait infiniment. La sainte, la reine – m'appelait-il. Cette bagarre avec Marie-Thérèse était une occasion inespérée. J'étais rongée de remords et il exultait. Il a par la suite raconté cet épisode à ses amis. C'était l'une de ses anecdotes favorites à mon sujet. Ce qui m'avait blessée n'avait pas été tant l'assaut de Marie-Thérèse enragée, j'avais même, après avoir repris mes esprits, été en mesure de la comprendre. Ce qui m'avait blessée, c'était la réaction de Picasso. Il n'avait pas voulu décider. Il ne pouvait pas choisir. Nous lui étions toutes les deux nécessaires. Qu'importe laquelle d'entre nous allait remporter le combat, la « victoire » n'avait pas la moindre importance. C'était lui, l'arbitre, qui décidait de la victoire, pas nous, ses pions. En cela, il nous avait mises dans la même catégorie. Je me sentais humiliée par le fait d'avoir été réduite à *l'une de ses femmes*. Il n'avait pas daigné me distinguer parce que j'étais différente, parce que j'étais une artiste, plus proche de lui. Il n'avait pas fallu longtemps pour que, d'intellectuelle indépendante et courageuse, je me change en vulgaire idiote amoureuse. Celle qui entrait dans l'arène avec une adversaire indigne d'elle, et luttait pour ses faveurs.

Ces quelques semaines, nous nous étions consacrés totalement à *Guernica*, comme si nous étions en prison. C'était la plus douce des prisons, une superbe bulle de savon dans laquelle nous flottions haut au-dessus des toits de Paris, seuls et inaccessibles. J'avais cru que Picasso m'appartenait, autant qu'il appartenait à ce gigantesque tableau. Mais alors que je me berçais encore de l'illusion de notre compagnonnage, il m'avait ramenée à ma condition de maîtresse.

Comment était-ce arrivé ? Pourquoi m'étais-je abaissée ainsi ? Il était tombé amoureux d'une personne, et avait déjà fait de moi une autre ? Était-ce là que résidait le défi qu'il voyait en moi : asservir et briser la fierté qui me plaçait au-dessus des autres ? Si tel était le cas, il avait réussi. À partir de ce moment-là, j'ai commencé à avoir peur pour nous, à douter de l'existence de ce « nous ».

Si seulement j'étais morte quand nous avons fini le travail sur Guernica ! Car ensuite a commencé la longue torture de mon agonie. Être inconsciente que j'étais en train de mourir ne rendait pas les choses plus faciles.

Je pense que la fin de notre relation commence à peu près au moment où le travail sur *Guernica* s'achève. Après la scène avec Marie-Thérèse, j'ai commencé à m'interroger sur nos rapports amoureux, mais aussi professionnels. Me reconnaissait-il en tant qu'artiste ? La question me torturait. Je revenais encore et encore en pensée sur nos journées passées à l'atelier, sur l'instant où il m'avait sacrée son apprentie en me laissant toucher son œuvre du pinceau. Je voyais toute l'ironie cruelle qu'il y avait dans ce geste. Certes, c'était un géant de l'art moderne, mais je n'étais pas que son élève. Je m'étais persuadée que ce n'était qu'une boutade. Ma contribution allait bien au-delà de ces quelques coups de pinceau sur le tableau, qu'aurait aussi bien pu tracer Sabartés, son chien Kazbek ou n'importe qui d'autre. Sans moi, il n'y aurait peut-être pas eu de *Guernica* – ou du moins, pas sous cette forme. Combien de temps avais-je passé à le convaincre qu'il devait s'exprimer sur la guerre ? Combien d'efforts n'avions-nous pas déployés, Paul et moi, pour le persuader de répondre à l'appel des républicains pour l'Exposition universelle ? Combien de temps, tandis qu'il travaillait sur ses esquisses, avions-nous discuté des motifs et des symboles qui apparaîtraient sur le tableau, et qui devaient être les siens, mais aussi espagnols ? Pour finir, il s'était tout de même avéré que Picasso, y compris quand il peignait, était le Minotaure. Sauf qu'en ces moments, son désir n'était pas sexuel. Je vois aujourd'hui que ce monstre avait l'intention d'aspirer de moi ma créativité, mes idées, tout ce que j'étais, avant de recracher ma carcasse. Après l'expérience de *Guernica*, je suis restée vide comme une coquille d'escargot.

Guernica a connu un triomphe auquel Picasso ne s'était peut-être pas attendu, mais il s'y est vite habitué. Le tableau a immédiatement été élevé au rang de chef d'œuvre, symbole de la résistance contre le mal. Ensuite, il s'est pavané avec des déclarations comme quoi la peinture était « un instrument de guerre… contre la brutalité et les ténèbres ». Sa peinture comme instrument ? Il ne voyait rien de problématique dans ces mots, mais moi, cela me gênait. À présent, ce n'étaient plus seulement ses tableaux qui étaient sacrés, ses mots mêmes étaient devenus parole d'évangile.

* * *

Je n'aurais su dire comment, ni quoi au juste, mais notre relation a changé après *Guernica.* Quelque chose s'était cassé. J'avais été humiliée, et moi aussi, j'étais devenue une autre personne – passive, dépressive, perdue. Comment était-ce arrivé ? Pourquoi avais-je permis cela ? Aujourd'hui encore, je me le demande. J'avais au moins compris que ma créativité ne signifiait rien pour lui, qu'elle ne me distinguait pas des autres. Au début de notre liaison, elle avait été une partie de mon pouvoir de séduction, une partie du défi. Rien de plus. Il ne prenait pas ma photographie au sérieux, c'était pour lui une gêne superflue. Picasso ne voulait pas de moi comme partenaire, il voulait une femme absolument soumise.

Pourtant, je suis restée avec lui. Je me suis forgé l'illusion que rien n'avait changé dans notre quotidien. Chaque soir, je rentrais comme une jeune fille bien sage à la maison, dans ma chambre, dans mon lit. Je ne passais pas la nuit chez Picasso. Nous nous étions tous les deux accordés sur le fait que c'était mieux ainsi, nous avions davantage de liberté. Je n'avais aucun mal, après avoir travaillé avec lui à l'atelier jusqu'à tard dans la nuit, à m'écrouler de fatigue dans mon lit et m'endormir d'un sommeil de plomb. Mais ma liberté s'est peu à peu réduite à l'attente d'une invitation à déjeuner ou à dîner. Va-t-il m'appeler aujourd'hui ? Pour le déjeuner ou pour le dîner ? Que va-t-il se passer entre nous (nous mangions rarement seuls) ? Vais-je réussir à passer un moment avec lui ? Je ne peux pas dire que je n'étais plus libre, mais je vivais ma liberté comme un poids. Son ordonnance Sabartés, qui avait à nouveau emménagé chez lui, son domestique et son majordome, son ami et son émissaire – c'était lui qui avait le privilège de dormir sous son toit, d'entrer le premier dans sa chambre, de lui apporter son café et son courrier, et de bavarder avec lui, parfois jusqu'à midi. Mais il était trop tard, je ne pouvais plus le quitter. Et ainsi, j'attendais que nous passions ensemble de rares instants, je me contentais de petites miettes de son attention.

* * *

Tout ce temps, je partageais mon appartement avec Maman. Julie était une martyre anxieuse, victime de son mari et de sa fille. De leurs crises, de leur caractère colérique. Elle me critiquait, se disputait avec moi, se comportait comme si j'avais encore treize ans et me giflait quand bon lui semblait. D'autre part, elle était toujours une « esclave de la mode », comme disait mon père en allusion à ses dépenses vestimentaires. Il continuait à l'entretenir, il continuait à me soutenir. Il prenait soin de nous, comme disait Julie, ce qui s'inscrivait tout à fait dans la logique de son monde. Pour elle, les hommes étaient incompréhensibles et dangereux, et les femmes des victimes qui, pour cette raison, méritaient d'être entretenues. Elle portait à présent des robes simples et des tailleurs de digne matrone. Je ne pouvais nier qu'elle avait du goût. Elle s'efforçait d'avoir l'air moderne, mais moderne, elle ne l'était pas. Ses intérêts n'allaient pas plus loin que la survie au jour le jour, ses doutes au sujet de mon père et l'insatisfaction qu'elle ressentait envers sa fille. La guerre civile en Espagne, les bouleversements en Allemagne, même la situation politique en France, tout lui passait au-dessus de la tête. Ne l'intéressaient que les difficultés quotidiennes, le manque de nourriture, la peur des bombardements. Elle passait ses journées en visites, au café, dans les boutiques. La fermeture des cinémas, voilà ce qui l'avait le plus affectée ! Elle était restée comme mentalement prisonnière de cet appartement, du buffet noir et massif – dont j'ai, bien entendu, hérité, et qui est toujours au même endroit dans le salon – des voilages au crochet et de la porcelaine fine, des tapis qu'elle avait choisis avec soin, de l'argenterie, de la chambre où elle avait, pendant des années, dormi seule.

Elle ne me demandait plus ni où j'allais ni quand je comptais rentrer. Cette époque était depuis longtemps révolue. Quant à Picasso, elle ne le mentionnait même pas. Les nouvelles et les ragots étaient-ils parvenus jusqu'à elle et ses amies avec qui elle jouait aux cartes tous les après-midi ? Jusqu'au café du coin où elle prenait un verre en début de soirée, à la coiffeuse, la couturière et la concierge ? Les membres de son petit cercle avaient certainement commenté ma vie. Je ne posais pas de questions, je préférais éviter le sujet.

De toute façon, je connaissais par cœur sa sempiternelle réplique : fais attention, tu sais comment sont les hommes !

Et comment sont-ils, Maman ? Sont-ils tous les mêmes ? je répondais par une question, comme autrefois.

Julie, comme d'habitude, hochait la tête d'un air péremptoire. Picasso, un étudiant anonyme, un gamin aux cheveux gominés – tous les mêmes. Les hommes.

Maman était souvent triste, car ma « déchéance » était aussi la sienne. Elle n'avait pas réussi à sauver son enfant en fuyant Buenos Aires. Sa petite fille ne deviendrait jamais une dame française bien comme il faut. Elle était devenue une maîtresse bien comme il faut. Parfois, elle s'écriait : pour ton propre malheur, tu es comme ton père, entêtée ! Vous, les Slaves, si primitifs ! C'est impossible de discuter avec toi. Puis elle claquait la porte et se murait dans son silence, ce qui me convenait parfaitement.

Elle n'était pas en position de me critiquer sur mes relations avec les hommes. Mon père vivait entre Paris et Buenos Aires. Si quelqu'un était malheureux en mariage, c'était bien elle. Pourquoi n'avez-vous pas divorcé, Maman ? Tu sais bien que nous, les catholiques, nous ne divorçons pas. C'est ça, vous préservez les apparences, vous mentez et vous fautez. Ensuite, vous allez à confesse vous faire pardonner vos péchés. Je ne connais pas de religion plus hypocrite ! me mettais-je parfois à lui crier dessus quand elle allait trop loin. Tais-toi, ne blasphème pas, toi aussi, tu es baptisée – Julie ne lâchait pas le morceau – moi, au moins, je crois en quelque chose, tandis que toi ? Tu crois à la destruction, à l'immoralité, à l'anarchie ! Si seulement nous étions restés à Buenos Aires, c'est ça ? Si nous étions restés et si je m'étais mariée à un riche armateur, vous auriez été contents, n'est-ce pas ? Vous n'en avez rien à faire de ma vie, vous ne pensez qu'à vous ! Je haussais la voix car elle m'exaspérait. Avec un calme inattendu, Julie concluait alors la dispute par ces paroles prophétiques : Dora, souviens-toi bien que tout le monde ne pense qu'à soi.

Je reviens encore et encore à ce que j'ai écrit sur Julie. Je ne lui rends pas justice, au contraire. Sur le papier, notre relation semble simple. Rien n'est plus loin de la vérité. Même Jacques n'a pas pu m'aider à articuler mes pensées sur ce point.

* * *

Mon père non plus n'était pas content de moi, mais au moins, il était plus réservé. Quand nous nous voyions pour le sempiternel déjeuner du dimanche, parfois – quand j'étais encore avec Picasso – une colère rentrée s'échappait. Dora, Dorica, tu es intelligente, belle, jeune, douée. Tu t'es fait une place, tu es devenue indépendante. Pourquoi est-ce que tu laisses tout tomber pour être avec ce peintre ? Jamais il n'a voulu prononcer le nom de l'homme qui avait fait avorter la carrière de sa talentueuse fille.

Ces années-là, mon père avait vieilli d'un coup alors qu'il était encore dans la force de l'âge. C'était un homme grand et élégant, qui plaisait aux femmes. J'avais entendu trop de disputes avec Julie, trop de noms de femmes qu'elle lui jetait à la figure pour croire que mon père était un saint. Même à la soixantaine, il se tenait encore bien droit. Seuls quelques fils argentés parsemaient son épaisse chevelure noire. Il portait des costumes sur mesure et des cravates de soie, une canne et un chapeau, un vrai monsieur. Il méprisait la bohème, mais cela ne l'empêchait pas de me soutenir dans mes choix professionnels. Il croyait en mon talent.

Tandis qu'il me regardait par-dessus la table, sérieux comme moi, sans sourire comme moi – comme mon reflet masculin dans une glace – j'étais tout à fait consciente que Picasso n'avait que sept ans de moins que lui. Ils étaient quasiment de la même génération, mais pas de la même époque. Ils vivaient dans deux mondes différents qui ne se touchaient qu'à la marge. Et ils n'avaient pas les mêmes valeurs : Picasso était un sauvage, le destructeur des principes moraux paternels. Aujourd'hui encore, alors qu'ils sont tous les deux toujours bien vivants, il me semble qu'il y a peut-être une justice cosmique dans le fait que mon père, en tant que symbole du petit-bourgeois tant décrié, ait fait l'expérience des temps nouveaux par le destin de sa fille unique, incomparable, talentueuse et adorée. Selon lui, son enfant était l'otage du modernisme, le ravisseur étant ce charlatan scandaleux qui avait le culot de se prendre pour un peintre. Comme si les prix astronomiques que des imbéciles payaient pour ses gribouillis signifiaient qu'il était bon ! Mon père, cependant, n'avait pas réfléchi au fait qu'avant Picasso, dans mes photographies, j'étais déjà atteinte par le modernisme qu'il décriait, y compris les positions politiques radicales qui l'horrifiaient. C'est l'esprit du temps, papa, me défendais-je dans un sourire. La décadence, répliquait-il avec résignation.

Il se tenait informé, il en savait pas mal sur Picasso, il s'intéressait à la politique. Il suivait les informations, lisait les journaux, mais nous n'avions pas les mêmes opinions. Mon père avait peur de la montée du fascisme. Dorica, m'avait-il dit une fois, en 1939, me semble-t-il, alors que l'antisémitisme s'était déjà répandu, nous avons un nom de famille étrange. Ici, tout nom de famille étrange est suspect *a priori*. Partout où j'ai travaillé, j'ai été catégorisé comme Juif à cause de mon nom. En temps normal, le nom de famille n'est pas important, il peut peut-être même éveiller de l'intérêt, mais aujourd'hui, il faut avoir peur… Les gens d'ici n'en ont rien à faire que nous, les Croates, soyons catholiques. Nous ne sommes pas français. Même si Julie est française, même si la France est ton pays, tu n'en restes pas moins suspecte, à cause de ton nom. Quand la guerre se prépare, les premiers à tomber sont les gens comme nous, les étrangers. Retiens bien ce que je te dis.

J'avais retenu. Surtout parce que jamais auparavant, je n'avais entendu mon père employer les mots « nous, les Croates ». Était-ce le reflet d'un nationalisme tout neuf, à peine éclos, ou juste de sa peur ? À moins, peut-être, que le nationalisme ne naisse de la peur…

Mon problème avec mon père n'était ni la politique ni ma liaison avec Picasso, même s'il le tenait pour responsable de ma situation. Il m'avait soutenue sans rechigner pendant mes études, m'avait ensuite procuré un atelier rue d'Astorg. Plus tard, quand j'avais voulu déménager rue de Savoie, il avait exaucé ce désir également. Il ne me refusait rien. C'est ainsi que, pour mes frais d'aménagement de l'atelier, d'achat de matériel, de voyages, pour les modèles, etc., j'avais parfois plus d'argent que nécessaire. Auparavant, l'argent n'avait jamais été un problème pour moi.

Mais plus ma relation avec Picasso durait, moins j'avais de revenus, car je travaillais de moins en moins. Un sentiment bien désagréable, car depuis la fin de mes études, je gagnais suffisamment d'argent avec mes photos pour être indépendante. Mais les commandes se faisaient de plus en plus rares. J'étais connue en tant que maîtresse de Picasso, mais cette célébrité ne m'apportait aucun avantage financier. Je n'étais pas submergée de commandes ni de propositions d'expositions, même après la publication et le succès critique de mes photos de *Guernica*. Parfois, dans mes moments de solitude et mes accès de mélancolie, il me semblait que l'artiste Dora Maar, dont j'avais si patiemment construit le personnage, s'effaçait peu à peu. De temps en temps, je participais à une exposition, l'un de mes clichés paraissait dans un magazine. Le strict minimum pour que je ne disparaisse pas complètement du monde de la photographie qui, peu de temps encore auparavant, m'absorbait tout entière.

Pas question de m'abaisser à demander de l'aide à Picasso. Je m'efforçais de vivre modestement. Je dois admettre que Picasso me donnait de l'argent, mais seulement quand l'idée lui traversait l'esprit. Olga devait lui en demander, Marie-Thérèse aussi. Je ne voulais pas réclamer…

Ma situation était absurde : j'avais plus de trente ans et j'étais incapable de subvenir à mes besoins, alors que je vivais avec l'un des artistes soi-disant les plus riches du monde ! Mes amis m'incitaient à vendre des dessins et des tableaux qu'il m'avait offerts. Ils valaient cher, mais il ne me serait pas venu à l'esprit de m'en séparer. Ses œuvres avaient pour moi une valeur autre que financière. Par ailleurs, je ne pouvais pas leur avouer, mais la majeure partie des œuvres qu'il m'offrait n'était pas signée. Sans sa signature, je ne pouvais espérer ne serait-ce qu'une infime partie de leur véritable prix. C'était sa manière de maintenir son entourage, femmes et amis, dans une situation de dépendance. Il pouvait leur refuser sa signature, ce dont il ne se privait pas.

Quand je retrouvais mon père, je devais brièvement revenir en arrière et redevenir Dorica. Il avait beaucoup de mal à m'appeler Dora. Comme autrefois à Buenos Aires, il me glissait une liasse de billets dans la main à la fin du déjeuner, sans un mot. À l'époque, je les dépensais à la pâtisserie ou au cinéma.

Au moins, il ne me posait pas trop de questions. J'avais l'impression d'être une vulgaire menteuse. Mon pauvre papa croyait encore que j'avais hérité non seulement de son talent, mais aussi de son opiniâtreté et de son sens de la discipline. Moi qui avais perdu l'envie de photographier. Je lui parlais donc d'une crise de créativité même s'il n'y croyait pas vraiment. Une crise, quelle crise ? Reviens aux photos de presse, voyage, Dorica, le monde est un endroit passionnant et dangereux fait pour être photographié. C'est le moment ou jamais. Il y a tant d'événements à couvrir, et tu fais bien ton travail, disait-il. Comme Picasso, il pensait que la photographie n'était pas un art. La photo documentaire, en revanche, restait un travail acceptable, voire valorisé.

Picasso avait soutenu la même chose, à une différence près – il avait essayé de me convaincre de me mettre à la peinture. Il avait pris mon portrait de Nusch et l'avait longuement observé. Je me souviens de cet instant, car je me sentais comme une petite fille qui demande à ses parents la permission de sortir le soir. Je demandais mon admission dans le monde de l'art, je lui demandais de tamponner le visa d'entrée de mes photographies. Picasso était un policier aux frontières, strict et capricieux par-dessus le marché.

Laisse tomber ton appareil, Dora. Peins ! Ça, ce n'est pas de l'art. Essaie autre chose.

C'était son verdict : tu peux entrer, mais pas avec ces bagages !

Aurais-je pu protester ? Quand un tel juge rend un arrêt, il est difficile de le contester. Il n'avait pas tenu compte du fait que j'aimais photographier, que j'aimais observer le monde à travers l'œil de l'objectif et créer ainsi ma propre réalité. Il avait balayé ces arguments du revers de la main. Il avait sciemment oublié que j'étais photographe quand il m'avait rencontrée. Et ce à un moment crucial où la photographie changeait. Elle avait enfin franchi le seuil du réalisme et du documentaire pour s'aventurer dans de nouveaux espaces. Le domaine artistique en l'occurrence, là où j'étais précisément l'une de ces avant-gardistes. Ce glissement de la photographie vers la peinture l'énervait. Cette technique qu'il ne maîtrisait pas faisait irruption dans son univers. Pire, la représentante de ce mouvement photographique était une femme et pas n'importe laquelle, sa maîtresse. Ce qui, au début, lui avait semblé intéressant et provocant, ce qui l'avait attiré, ma créativité et mon originalité, le dérangeait à présent.

Laisse tomber ton appareil, Dora !

Lui-même s'était essayé à la photo tout en nous conseillant de renoncer à la profession de photographe ! Il avait essayé de convaincre Brassaï, et même Man Ray en personne, d'abandonner cette forme « inférieure » d'art. Man Ray s'était défendu en affirmant que c'était juste une manière de gagner sa vie ! Pour nous prouver que la photo n'était que pure technique, Picasso s'était lancé. Mais tenir un appareil photo ou un pinceau à la main sont deux choses bien différentes. Maîtriser la technique de la photographie exige des compétences et des connaissances technologiques, et le rapport à la lumière n'a rien à voir. Comme ses photographies s'étaient révélées médiocres, il s'était encore plus buté. Il haïssait la médiocrité. Il ne supportait pas de ne pas être le meilleur en tout. En photo, d'autres étaient meilleurs que lui. Il n'en était que trop conscient.

Je n'avais pas immédiatement abandonné mon appareil suite à son conseil. Picasso a donc essayé avec moi de combiner photographie et peinture. Il s'intéressait à tout ce qui était nouveau, sa curiosité était insatiable. Il expérimentait même avec des techniques qu'il ne maîtrisait pas. C'est ainsi que, dans la chambre noire, nous avons un certain temps développé des « photogrammes », ou photogravures, sorte de fusion entre les deux arts. Ou alors, il intervenait directement sur la plaque photographique, ça l'amusait. Bien entendu, il m'avait mise à son service. Je lui avais appris certaines techniques et procédures, la peinture à l'huile sur verre, par exemple. Bien des années plus tard, j'ai appris que ce n'était en réalité ni nouveau ni révolutionnaire. En Croatie, la peinture à l'huile sur verre était appelée « art naïf ». De grands peintres utilisaient ce procédé qui donne des résultats étonnants. À l'époque, nous ignorions leur existence. Quand nos photogravures ont été publiées, en 1937, dans *Cahiers d'Art*, Man Ray lui a adressé (à lui seulement !) ses félicitations, le qualifiant « d'appareil photo vivant ». Mais Picasso connaissait mieux que quiconque ses qualités et ses défauts. Force m'est de reconnaître qu'il ne s'est pas laissé duper par les flagorneries de Man, même si elles le comblaient.

* * *

J'étais prête à tout, pourvu que nous travaillions ensemble. La manière dont nous avions combiné photographie et peinture m'a entraînée vers cet art. Il ne m'a fallu qu'un pas pour franchir la frontière et me retrouver de son côté, sur son territoire. Une erreur, car c'était là où il régnait en maître. Nous n'étions plus partenaires. J'avais un professeur et un seigneur, en plus d'un amant. Était-ce ce que j'avais voulu ? Ce dont j'avais rêvé ? En échange de mon passage total à la peinture, j'étais devenue, enfin, l'Élève du Grand Maître. Mais cette once de respect dont j'avais joui à ses yeux après *Guernica* semblait fondre un peu plus à chacun de mes coups de pinceau. Mes peintures de cette époque n'étaient qu'une imitation des siennes. Une fois placée sous son auguste patronage, comment aurait-il pu en être autrement ?

Je me suis remise à peindre avec beaucoup d'atermoiements et de regrets. Au moment précis où je m'étais affirmée comme photographe, j'avais cessé de l'être. Si j'avais eu davantage confiance en moi, j'aurais pu lui résister. Mais j'avais devant moi le dieu de la peinture moderne en personne, l'homme dont j'étais amoureuse. Il m'avait persuadée que je devais moi aussi peindre, sous sa direction. Il m'avait séduite d'abord comme femme, et ensuite comme artiste. Mais je ne peux rejeter toute la faute sur lui. Il m'a changée parce que j'avais permis qu'il devienne le centre de mon univers. Au lieu de l'être moi-même, comme tout artiste. Le fragile équilibre dans notre relation, que j'avais maintenu en protégeant mon propre travail, était rompu.

Je n'étais plus la femme en noir au visage de statue, l'Étrusque, l'éminente et courageuse artiste des cercles surréalistes, qui pouvait se permettre de s'éloigner de Bataille sans conséquences apparentes. Je n'étais plus mystérieuse. Je devenais de plus en plus commune, surtout en privé. Sur une photo qu'il a prise de moi, je le regarde d'un air suppliant. Je me souviens, je l'implorais de ne pas me photographier. En cet instant, je n'étais pas Dora Maar.

Pas même Adora. Effrayée, en pull-over gris, sans maquillage, j'ai les épaules crispées, comme si j'avais peur. Je ne me sens pas bien sous son objectif, je suis gênée, des larmes me perlent aux yeux. La métamorphose de Dora Maar en Femme qui pleure est presque achevée...

Pleurais-je vraiment autant que ce que suggèrent ses peintures ? À en juger par ses portraits, je m'étais changée en *Femme qui pleure.* Pourtant, le premier de ces portraits larmoyants date de l'automne 1937, à une époque où nous nous amusions tellement ensemble ! Mon sourire n'apparaît sur aucune des peintures où il m'a représentée. Pourquoi ? C'était la révolution espagnole, la guerre – ont expliqué les critiques. Les portraits en pleurs de Dora Maar symbolisaient ce moment de l'histoire. Je n'ai rien contre le fait que les gens interprètent mon visage déformé et mes larmes comme des symboles, mais ils étaient également le signe intime de l'évolution de notre relation. Il y a dans la manière dont il m'a peinte à compter de 1937 un peu plus que de la symbolique générale. C'était déjà arrivé auparavant. À Olga. Ses portraits réalistes classiques et les dessins aux couleurs pastel s'étaient, en quelques années seulement, métamorphosés en visages empreints de douleur. Marie-Thérèse avait elle aussi, après un certain temps, perdu sur ses peintures sa légèreté, son éclat, sa décontraction enfantine. Et moi, de la calme jeune fille aux cheveux courts sur la plage, j'étais devenue, lentement mais sûrement, la « pleureuse ».

Certes, après nos disputes, je lui envoyais des lettres dans lesquelles je répétais désespérément : je t'en supplie, pardonne-moi, je ne pleurerai plus. Comme ils devaient le combler, ces mots, mes suppliques, ma *dépendance* qui devenait criante, maladive, et qui inquiétait Paul. Ceux qui m'avaient connue avant pressentaient que ma soumission exacerbée ne pouvait que mal finir. Ils voyaient que Picasso devenait rustre. Il cherchait des manières de m'humilier. Toujours plus froid, il s'éloignait de plus en plus.

Aujourd'hui encore, je suis incapable de considérer ces portraits avec de la distance, de les voir comme les voit le reste du monde. Je sais comment ils sont nés, je sais comment il me regardait et ce qu'il me disait. Pire encore, je sais ce qu'il disait de moi en les montrant aux autres.

En public, quand nous nous montrions ensemble, j'arrivais à préserver un calme de façade, peu importe ce qui se passait entre nous. Il faisait tout pour exposer ma soumission en public, mais je résistais. Du moins, c'est l'impression que je m'efforçais de donner. Jusqu'à cet instant où je me suis levée de table et où je suis partie pour toujours. Mais avant cela, il avait fallu que s'écoulent encore quelques années, la guerre, la mort de ma mère et celle de Nusch. À présent, je pense que ces portraits sont le signe qu'il m'avait prise en grippe. J'étais trop compliquée, trop exigeante, trop capricieuse. Il s'était lassé de moi.

* * *

Autre chose avait changé entre nous après *Guernica*. J'étais devenue à ses yeux de plus en plus masculine. Pendant son enfance en Espagne, toutes les femmes de son entourage, les femmes de sa famille, étaient en adoration devant lui. Les prostituées aussi plus tard, même si c'était pour l'argent. Des femmes elles-mêmes peintres, écrivaines, poétesses, artistes et intellectuelles, il n'en avait rencontré qu'à Paris et ce relativement tard. Par exemple, il estimait Gertrude Stein, ils étaient amis, elle l'avait aidé financièrement à ses débuts, mais ses attentes envers les femmes et son rapport à elles étaient déjà définis depuis longtemps. Dans son monde, la réflexion et l'intellect étaient des caractéristiques masculines. Ce pourquoi une femme dotée de telles caractéristiques, une femme qui pensait par elle-même, était en réalité un homme, peu importe son apparence. Même si on peut dire de Gertrude qu'elle avait vraiment une allure masculine.

Je n'étais pas amoureux d'elle, je l'aimais comme un homme, disait-il de moi à ses amis. Picasso pensait qu'il s'agissait d'un compliment. Au début, dans les débats sur la politique ou quoi que ce soit d'autre, il s'appuyait souvent sur mon avis. N'était-ce pas, dès lors, un défi encore plus grand que de changer une telle femme en malheureuse éplorée et suppliante, non seulement sur ses tableaux, mais aussi dans la réalité ? La transformer en bonne petite épouse qui attend son appel, tremblante à côté du téléphone, et le supplie de prendre pitié, de prononcer un mot, un seul, ne serait-ce qu'un ordre ?

Tous les piliers sur lesquels se fondait notre relation se sont écroulés un à un.

J'avais plus besoin de lui que lui de moi. Picasso le savait très bien. Plus je devenais dépendante émotionnellement, moins il accordait d'importance à mon avis – comme s'il pesait cela sur une balance interne à la précision redoutable. Je sentais que mon intellect, sur lequel il s'appuyait encore il y a peu, perdait de la valeur à ses yeux. Pourquoi ? Parce qu'il avait conclu – et il me le faisait savoir de diverses manières – qu'une personne comme moi, dotée d'un pouvoir de réflexion, car ayant la chance de posséder une qualité rare pour une femme, un « esprit d'homme », n'aurait pas dû être à ce point soumise à ses émotions. Une personne rationnelle, raisonnable et une *artiste sérieuse* – soulignait-il – ne devrait pas s'abandonner à des pulsions irrationnelles. D'après lui, les sentiments sont toujours dirigés vers autrui, ce qui signifie qu'on laisse les autres conduire sa vie. Mais les artistes, eux, se doivent d'être égoïstes. Ils doivent conquérir un temps et un espace pour eux seuls. Ils ne les conquièrent qu'en les prenant à leurs proches, c'est la seule solution. Par ailleurs, les sentiments sont source d'humiliation.

Il avait raison. Quand je l'avais laissé me réduire à une simple maîtresse, j'avais perdu non seulement mon identité mais aussi mon individualité, ainsi que la mesure de l'humiliation que je pouvais supporter.

Je rédige ces lignes avec une lucidité *a posteriori*. À l'époque, je lui écrivais, par exemple : « J'ai dit au revoir à mes amis et soudain, brusquement, je me suis sentie heureuse. Je suis à nouveau pleine d'enthousiasme, et je sens tout ce que tu m'as donné, comme autrefois. Et soudain, je suis si riche. J'ai tout ce que tu m'as offert. Et je sens revenir l'excitation que je ressentais dans ma jeunesse, dont je pensais qu'elle avait pour toujours disparu. Je suis comme ivre, mais pas de vin. J'ai follement envie de travailler. Et à présent, il me semble que je sais enfin aimer. Je le vois clairement… »

Et à l'époque, je n'étais plus une gamine, j'étais une femme mûre ! Chaque fois que je relis ces lettres, je me demande non de *qui*, mais de *quoi* j'étais amoureuse. De l'artiste ou de l'homme ? Pourquoi étais-je incapable de les dissocier, quand j'étais moi-même constituée de la même manière ? De l'homme, j'ai reçu si peu, de petites miettes d'attention, des restes de sentiments. Et de l'artiste ? J'ai eu un aperçu de son processus créatif. Dans le cas de Picasso, ces deux aspects étaient indissociables, cette présence dans sa vie avait un prix. Il me l'avait fait savoir : tu veux être avec moi, partager mon quotidien, être présente ? C'est moi qui décide de si, quand et comment tu auras cet accès. Moi seulement.

Pendant des années, je me suis pliée à ses conditions. Je me consolais en me disant qu'il avait tout de même besoin de moi d'une certaine manière. Ne serait-ce que pour que je lui tienne compagnie pendant le déjeuner ! Il détestait manger seul, c'était hors de question. J'étais heureuse si nous n'étions que deux à table au restaurant *Le Catalan.* Ses amis, galeristes, critiques et connaissances savaient où il déjeunait, on pouvait le trouver là-bas tous les jours. Nous mangions ce qui était au menu du jour, nous buvions de l'eau minérale, les temps étaient durs. Tandis que nous étions à table, il me divertissait en fabriquant à partir des capsules métalliques toutes sortes d'objets : oiseaux, médaillons, boucles d'oreille. Ou il faisait sur sa serviette des trous de cigarette, et soudain jaillissait sous ses doigts mon petit chien blanc, Bichon, et je riais, heureuse. Il donnait vie à des oiseaux, des chiens, des personnes. Il avait une capacité incroyable à façonner, un pouvoir divin d'insuffler la vie à des choses mortes, j'étais fascinée. Cela l'amusait, il jouait. Il ne supportait pas d'avoir les mains inoccupées. À l'atelier, il peignait, partout ailleurs, il trouvait « un truc pour s'occuper les mains », comme il disait. Si nous étions sur la plage, il ramassait des galets ou des morceaux de bois flotté. Où qu'il soit, il récupérait comme un éboueur bouts de fil de fer, objets en étain, cartons, paquets de cigarettes, allumettes, sous-verres, dont il faisait par la suite des sculptures. Il créait à partir de rien, sous mes yeux, sous les yeux de tous. C'était un spectacle envoûtant.

Les objets qui l'entouraient se transformaient en matière à modeler, et le voir à l'œuvre était fascinant. Sauf quand il se comportait de la même manière envers les gens en façonnant leur vie à sa guise. Mais quand nous étions seuls à table au restaurant, j'étais un témoin privilégié. Je prenais du plaisir à ses jeux.

Que les humiliations se soient poursuivies, j'en suis moi-même fautive. J'avais perdu non seulement ma fierté, mais aussi le contrôle de moi-même.

* * *

Malgré l'expression de calme absolu de mon visage, la façade que je continuais à entretenir avec soin, je m'humiliais de plus en plus, non seulement devant lui, mais aussi devant Marie-Thérèse. Un événement est resté gravé dans ma mémoire : c'était la guerre. La pauvre Marie-Thérèse devait chaque jour traverser toute la ville pour venir chercher à l'atelier du charbon de chauffage, que Picasso se procurait au marché noir. J'avais fait irruption dans l'atelier au moment où elle lui reprochait de nouveau de ne pas avoir encore divorcé, alors même qu'il avait promis de l'épouser. Il s'était défilé, justifié. Mais c'est moi que tu aimes, m'étais-je écriée, blessée. Même si Marie-Thérèse l'ennuyait avec ses récriminations et qu'il ne lui serait pas venu à l'esprit de l'épouser, Picasso l'avait enlacée avec tendresse et m'avait répliqué théâtralement : Tu sais bien que c'est la seule que j'aime !

Il ne le pensait pas, c'était une mise en scène, je le savais. À cette époque, il avait bien d'autres préoccupations en tête : où stocker ses tableaux, les Allemands allaient-ils les lui réquisitionner, ses papiers étaient-ils en ordre, quelqu'un allait-il venir le déranger et détourner son attention de la peinture. Les femmes et les problèmes en lien avec elles, qui il aimait plus et qui il aimait moins, de qui il se séparait pour se mettre avec qui, n'existaient qu'à la marge de son intérêt. Si j'avais été l'ancienne Dora, je lui aurais ri au nez. Je lui aurais dit qu'il n'aimait que lui, j'aurais tourné les talons et je serais sortie, la seule réponse adéquate à son grossier mensonge. Mais un tel comportement, et ce devant Marie-Thérèse, qui lui servait exclusivement d'esclave sexuelle, m'avait laissée sans voix. Pour finir, cette femme avait même eu l'insolence de me chasser de la pièce. Ça aussi, je l'avais supporté.

On ne peut se défendre d'une humiliation imposée par un amour immense envers quelqu'un, elle est infinie. Du reste, il ne s'agit plus d'humiliation mais d'autodestruction.

* * *

J'avais renoncé à la photographie pour la peinture. Même si j'avais l'impression d'avoir subi une amputation sans anesthésie, comme si on m'avait arraché un œil – celui de mon appareil photo. Plus jeune, j'avais suivi des cours de peinture auprès du peintre André Lhote. Quand, à l'automne 1937, Picasso a peint sa première *Femme qui pleure*, j'en ai peint une aussi. On pourrait dire que je l'ai copié, mais ce ne serait pas la vérité.

Je voulais me venger du vol de mon visage. Picasso pensait être le seul à pouvoir faire mon portrait. J'en étais capable aussi et je le lui avais montré. J'espérais qu'il se rende ainsi compte à quel point il était facile de peindre dans son style. C'était à la portée d'un enfant, et même d'une simple femme comme moi ! Il n'a même pas daigné regarder mon tableau. Il a tout simplement continué à peindre des femmes en pleurs avec mon visage. Pour lui, mes peintures n'étaient qu'une vulgaire imitation des siennes, et non une tentative de renaissance. Quitte à être réduite au rôle de modèle, mon idée était d'être aussi mon propre sujet. Aujourd'hui encore, je pense qu'en peignant cet autoportrait, j'essayais de dire que je ne voulais pas être un symbole, que je voulais être moi, Dora Maar. Vaine tentative, à laquelle j'ai par la suite renoncé pour me tourner vers d'autres motifs.

Lui, il continuait à me peindre.

Malgré tout, il y a sur ces tableaux différentes expressions : paisible, triste, sérieuse, avec une ébauche de sourire... Sur une photo de Brassaï, Picasso, de dos, se tient à côté d'une dizaine de portraits de moi alignés les uns à côté des autres. Ils sont très semblables, à peu près aux mêmes dimensions.

Quand je regarde cette photographie, un détail est remarquable. On n'y voit pas les larmes qui me caractérisaient, selon ses mots, comme une « Mater Dolorosa » ou comme une « machine à souffrir », ce qui était, pour lui, un dénominateur commun à toutes les femmes. Mais sur la majorité de ces portraits, il y a un chapeau.

Au printemps 1938, il peint *Femme assise sur une chaise*, où le modèle – moi – porte un chapeau étrangement comique. Je venais de raconter à Picasso l'histoire de Julie et de sa petite boutique de modiste à Buenos Aires. Mon amour des chapeaux originaux datait de cette époque, lui avais-je confié. Plus tard, ils étaient devenus l'une de mes marques de fabrique, une partie de mon individualité qui attirait l'attention. Portais-je, à l'époque où il a peint ce tableau, des couvre-chefs de plus en plus extravagants ? Était-ce ma manière de me persuader que j'étais encore cette femme, alors même que je sentais dépérir quelque chose en moi ? Pour autant que je me souvienne, non. La désintégration de la personnalité, la folie que représente ce chapeau pour Picasso, n'était pas encore perceptible. Notre entourage avait pu remarquer que j'étais en colère et insatisfaite, parfois frustrée, mais il n'y avait pas encore de signes de détraquement psychique.

Doté d'une intuition géniale, Picasso a peut-être peint ce qui était sur le point de m'arriver. Une folie encore imperceptible de l'extérieur, une menace tapie dans l'avenir, et qu'il pressentait déjà. Il voyait un chapeau sur ma tête même quand je n'en portais pas. Si tu continues comme ça, Dorita chérie, c'est le bonnet de fou qui t'attend au tournant, et même la camisole de force, m'avertissait la Dora-modèle de ces portraits alignés, en apparence innocents. Chez Picasso, aucun portrait n'était innocent.

Jacques m'a une fois demandé si j'avais regardé mes portraits avec attention. Oui, il suffisait de les observer attentivement. Picasso avait tout peint – mon présent et mon avenir. Il avait montré chacun de mes visages. De la jeune fille exaltée sur la plage à la prisonnière du Minotaure, la pleureuse, la porteuse de chapeaux fous, jusqu'à la grotesque créature cadavérique qui n'avait plus rien d'une figure féminine. J'aurais dû comprendre le destin qui m'attendait à ses côtés. Toutes ses femmes avaient connu la même trajectoire dans sa peinture. Picasso ne cachait rien. Je ne peux l'accuser de mensonge ou de dissimulation, même si cela serait plus facile. Ni d'aucun complot ourdi pour se débarrasser de moi. Il n'y avait pas de complot, il n'y avait pas de préméditation ni de plan. Tout ce qui prenait du temps sur sa création ne l'intéressait pas. C'était un homme simple, qui agissait spontanément et qui, lorsqu'il se retrouvait confronté à un obstacle, réagissait guidé par un seul et unique principe – son intérêt personnel. Il ne s'intéressait aux gens et aux choses que lorsqu'il en avait besoin d'une manière ou d'une autre. Et quand je l'ai enfin compris – bien entendu, je l'ai compris trop tard et j'étais trop impliquée, si bien que je trouvais diverses explications invraisemblables à son comportement – ça a été plus facile. Mais à ce moment-là, nous n'étions plus ensemble...

Ces nombreux portraits de moi pourraient être considérés comme flatteurs. Quelle réussite qu'un artiste si renommé peigne encore et encore le même modèle.

Peut-être était-ce là mon unique satisfaction et ma seule récompense. Mais en même temps, cela me rendait malheureuse, car je ne voulais pas être que son modèle, et pendant des années, je m'étais épuisée à essayer de lui prouver que je n'étais pas qu'un modèle, comme tant d'autres dans sa vie. Et en réalité, c'est à ça que je me réduisais de plus en plus, même si j'étais de moins en moins reconnaissable. J'étais aussi un modèle destiné à symboliser une époque, ainsi *Femme se peignant*, de 1940, où je représente la défaite de la France. Une Dora-France laide, grotesquement disloquée. De la véritable Dora, Dorita et Adora, j'étais devenue un cadavre abstrait, au sens propre comme figuré. Il y avait de quoi devenir folle.

Les gens se demandent peut-être si le malentendu entre nous – et il n'était pas qu'amoureux, entre Dora et Picasso, mais également professionnel, entre deux artistes – ne s'est pas produit parce que j'étais trop proche de lui, suffisamment proche pour croire qu'il n'était pas avec moi que pour m'utiliser ? Oui, très certainement.

Mais la raison du malentendu entre nous était profonde. Une fois de plus, je reviens à l'œil. Je ne voyais pas, parce que je n'avais plus de quoi voir. J'avais perdu mon appareil photo, mon œil, l'œil de mon objectif. Entre Picasso et moi, rien ne s'interposait. Entre lui et le monde, il y avait la toile. Quand nous étions en train de nous baigner ou de faire l'amour, de manger ou de dormir, de nous promener le long de la mer ou de discuter, j'étais Dora. Lui n'était jamais Pablo, il était toujours Picasso. Même s'il avait voulu être Pablo, il ne l'aurait pu. Depuis sa plus tendre enfance, il ne servait que son art. Cette différence fondamentale entre nous a changé ma vie.

* * *

Depuis un certain temps déjà, je me considérais comme une prisonnière, mais pas encore comme une victime. Par un hasard de circonstances, ma rencontre avec une artiste qui se trouvait dans une situation similaire m'a aidée à mieux comprendre ma position. Frida Kahlo était peintre et l'épouse d'un homme bien plus âgé qu'elle : le célèbre muraliste Diego Rivera. J'avais fait sa connaissance quand André Breton l'avait invitée à Paris en lui promettant une exposition, proclamant que sa peinture était surréaliste. Il était sous le charme de ses motifs, de ses autoportraits, du corps souffrant, des images à la lisière de l'inconscient. Il voulait la présenter comme sa découverte. Surprise, mais intriguée, Frida avait fait le voyage depuis Mexico. À Paris, cet hiver-là, elle avait vécu chez les Breton, partageant la chambre de la petite Aube. Leur appartement était toujours en désordre, mal entretenu. Ils n'avaient peut-être pas non plus d'argent pour se chauffer. Frida souffrait tant du froid qu'elle avait contracté une grave pneumonie et avait échoué à l'hôpital.

L'hiver était glacial et l'exposition ratée. Le pauvre André n'a rien compris à ma peinture, avait dit Frida, déçue. André avait exposé ses œuvres avec des pièces de l'art populaire mexicain, comme les rondes de squelettes en papier et les crânes de sucre que les Mexicains utilisent comme décoration pour la Fête des morts. Le public non averti n'avait rien saisi. L'atmosphère snob des cercles intellectuels et artistiques parisiens ne plaisait pas à Frida. L'absence de toute critique sérieuse la déroutait. Elle ne supportait personne dans l'entourage de Breton, dans notre groupe. Pour elle, les artistes français étaient si convaincus de leur grandeur que cela frisait la folie. Elle ne s'était pas étendue outre mesure sur le surréalisme comme idéologie, mais on était loin des ouvriers, des paysans, de la révolution et des idées qui lui étaient chères.

Frida n'avait qu'une hâte, rentrer à Mexico. Elle s'était malgré tout liée d'amitié avec Jacqueline. Elle avait vite compris que son mari avait réservé à Jacqueline le rôle de muse. Un euphémisme pour concubine et servante. Mais Jacqueline se défendait : l'histoire était vouée au divorce. Les femmes de l'époque, pour la première fois peut-être, pouvaient être artistes sans qu'on les traite de prostituées. Mais la critique ou le public ne les prenaient pas au sérieux pour autant. Le paradoxe du surréalisme et des années trente ! Avoir conquis un statut social ne signifiait pas nécessairement être respectée. Nos hommes, collègues, amis et amants, étaient parfois les pires. Ils appréciaient à leur juste valeur les photographies de Lee Miller, les peintures de Leonor Fini, la poésie de Valentine Penrose, ou mes propres œuvres, mais ils voyaient en nous avant tout des femmes, donc des muses – et ensuite seulement des êtres créatifs.

Quand Jacqueline m'avait invitée à les rejoindre, elle se trouvait au Café de Flore avec une petite femme menue vêtue d'une longue jupe ample et brodée, emmitouflée dans un grand châle de laine. Il aurait été facile de se méprendre. Voilà une paysanne égarée dans un café, ou une chanteuse vêtue d'un costume folklorique pour son concert. Frida avait un beau visage ovale, des sourcils qui se rejoignaient et lui donnaient une expression singulière. Ses cheveux étaient tressés en une natte épaisse enroulée autour de sa tête, et elle portait un collier de fleurs en papier. Je connais votre peinture, et celle de votre mari, lui avais-je dit en espagnol. Son visage s'était illuminé, elle était heureuse de pouvoir parler sa langue. Mais elle avait balayé ma remarque de la main. Ah, ne me parlez pas de peinture, dites-moi plutôt comment je pourrais bien me réchauffer. Et si nous commandions une téquila – avait-elle suggéré. J'avais ôté mes gants en laine pour les offrir à une Frida frigorifiée, qui les avait aussitôt enfilés. Vous n'êtes pas française, avait-elle observé. Si, mais pas suffisamment, avais-je répondu. Nous avions bu et ri tout l'après-midi, tandis que la précoce nuit hivernale tombait derrière les vitres embuées du café. J'avais réussi à la réchauffer.

À propos de Frida Kahlo, qui avait mon âge et dont la peinture me faisait forte impression par son immense expressivité, je savais tout par Jacqueline. Elle m'avait parlé d'elle et de Diego après être rentrée du Mexique avec André. Ils y avaient rencontré Trotsky et sa femme Nathalie (sur qui elle ne semblait pas avoir grand-chose à dire). Tandis qu'André racontait ses discussions avec Trotsky et Diego, chez qui ils logeaient, Jacqueline ne parlait que de Frida. De ses tenues fantastiques, de ses fleurs dans les cheveux, de ses amants, et surtout de sa « brutale peinture de la douleur », ainsi qu'elle l'appelait. Elle avait eu très jeune un accident si grave qu'elle avait failli en mourir. Elle boitait depuis. Mais rien de tout cela ne l'avait empêchée de peindre depuis son lit, où elle était restée couchée dans un corset de plâtre pendant des mois. Elle a réussi là où nous avons échoué, m'avait dit Jacqueline, pensant à elle, à moi, à Sylvia. Elle était restée artiste non seulement en dépit de son accident, dont elle avait fait le thème de sa peinture, mais en dépit de Diego. De fait, l'ombre du grand muraliste s'était étendue sur elle, menaçant de l'éclipser totalement comme peintre. Toute artiste moins endurante qu'elle aurait plié, et aurait été engloutie par sa gloire. Frida avait tenu bon. Peut-être parce qu'elle était si malade qu'elle n'avait rien à perdre. Elle avait même enchanté Picasso, bien entendu plus en tant que femme exotique et pittoresque qu'en tant que peintre. Il était tellement sous le charme qu'il lui avait offert une magnifique paire de boucles d'oreille en forme de mains. Elle les aimait beaucoup.

Frida ne s'était pas totalement abandonnée à son amour pour Diego, elle n'était pas devenue une prisonnière comme moi. Elle était restée elle-même, qu'importe que Diego la trompe, la marginalise ou s'éloigne d'elle. Pour ne pas rester seule avec sa maladie, elle avait consenti à certains compromis. Mais elle n'avait jamais cédé sur un point : sa peinture.

Nous nous étions revues encore quelques fois, puis, un jour, Jacqueline m'avait appelé pour m'annoncer que Frida était à l'hôpital. J'étais allée lui rendre visite sur le champ. Frida était assise, adossée contre des oreillers, un bloc de croquis à la main. Emmitouflée dans son grand châle, elle m'avait semblé encore plus menue. Je l'avais serrée dans mes bras. Elle m'avait accueillie avec chaleur. La fièvre et les douleurs s'estompent déjà, m'avait-elle dit joyeusement. Elle n'avait pas l'air épuisée. Ne t'inquiète donc pas, je suis bien ici ! Mieux que chez les Breton. J'ai passé tant de temps dans les hôpitaux que j'ai l'habitude. Il fait chaud, c'est propre, calme. Même si la nourriture est pire que de la bouillie pour les cochons, au moins, je peux réfléchir, dessiner, lire en paix. Tout le monde est adorable avec moi, ils sont très attentionnés. Non, Diego ne me manque pas. Je lui écris des lettres, je médis de vous et cela me remplit de joie.

Comme j'enviais cette femme au corps brisé ! Elle était alitée à l'hôpital, seule dans une ville inconnue. Elle ne se plaignait pas. Elle parlait sans amertume de son mari, dont elle devait pourtant savoir que, comme lors de ses précédents séjours à l'hôpital, il « portraiturait » un nouveau modèle, ainsi qu'il l'avait fait avec la propre sœur de Frida. Un petit miroir de poche dans une main et un crayon dans l'autre, elle esquissait une nouvelle peinture – encore un autoportrait – en chantonnant une mélodie en espagnol, une chanson que Picasso lui avait apprise.

Frida, comment tu fais pour tenir, comment tu fais pour y arriver ? aurais-je dû lui demander. Elle m'aurait peut-être répondu. Peut-être qu'il n'y a pas de recette. Chaque artiste est-elle toujours livrée à elle-même ? Doit-elle trouver seule le moyen de survivre ? Pourquoi les femmes doivent-elles prouver plus que les hommes leur force et leur détermination ? C'est ce que je te demande, mais tu ne réponds pas, tu ne fais qu'écouter. Ce n'est pas suffisant, Jacques !

Autre chose nous réunissait à part notre âge, nos carrières artistiques et notre vie avec des peintres connus plus vieux que nous. Ni elle ni moi ne pouvions avoir d'enfants. Elle avait bien tenté, mais de ses entrailles, comme sur le tableau *L'hôpital Henry Ford*, ne sortaient que des morceaux sanglants de placenta. Son corps refusait de mettre au monde un enfant, malgré les nombreuses fois où elle avait essayé, en risquant même sa vie. Frida ne pouvait donner naissance qu'à des tableaux. Et moi ni à des enfants, ni à des photos, ni à des peintures. Ou peut-être quand même à des peintures ? Selon Picasso, nous n'étions pas des vraies femmes, car une femme qui n'est pas une mère n'est même pas une femme. *Mientras no haya sido madre no podra saber lo que es una mujer* – disait-il. Frida en était, elle aussi, convaincue. Elle voulait un enfant avec Diego. Je n'étais pas aussi attachée à la maternité. Les enfants empêchaient mes amies comme Jacqueline de se consacrer à leur propre vie, tandis que les hommes ne s'en souciaient pas. Et je n'étais pas assez calculatrice pour utiliser ma détresse de ne pouvoir enfanter comme excuse à mon échec. N'aurais-je pas pu jouer ce rôle ? Ma fierté m'en empêchait. Je ne supportais pas la pitié, surtout venant de ceux qui n'étaient pas à ma hauteur.

Plus j'avance dans mon manuscrit, plus je remarque ma vanité. Je n'étais pas consciente d'être si imbue de moi-même. Picasso l'avait-il décelé ? Avait-il joué avec moi en m'humiliant intentionnellement ? Jacques a-t-il essayé de me guider pour que j'entrevoie moi-même mon problème ?

Je lui avais pris le bloc des mains, et j'avais dessiné Frida dans son lit d'hôpital. Quand je lui avais tendu le dessin, elle l'avait refusé. Garde-le en souvenir de moi. J'avais alors tressé dans ses cheveux quelques fleurs du bouquet que je lui avais apporté. Je peindrai ces fleurs, les tiennes, sur mon prochain portrait, m'avait-elle lancé. Je n'ai plus jamais revu Frida. Elle est rentrée à Mexico.

* * *

À cause de l'occupation, nous avons dû déménager de Paris à Royan. Guerre ou pas, Picasso devait continuer à travailler. Il s'était trouvé un endroit au calme en province. Son esprit pratique était plus développé que ses principes. Sa mère, doña María, était décédée d'une occlusion intestinale à 83 ans. Il ne s'était pas rendu aux obsèques, même s'il aurait pu. Barcelone, encore aux mains des républicains, était tombée peu après. Avait-il peur des fascistes ? N'avait-il pas voulu exposer sa précieuse personne ? Il était impossible de lui poser la question. On ne parlait pas des morts, même s'il s'agissait de sa mère.

Il serait facile de qualifier Picasso de maniaque égocentrique. Mais un démon qui ne le laissait pas en paix l'empêchait de donner aux autres son temps comme ses sentiments. Pas même à sa propre mère, sa sœur ou ses enfants. Sa mère le savait, et son père aussi sans doute. Jamais ils ne lui ont reproché de les négliger. Il créait sans arrêt. Quand il en était empêché, ne serait-ce que temporairement, lorsqu'il était malade par exemple, il sombrait dans la dépression. La création était sa seule forme d'existence. Toute interruption semblait ouvrir un gouffre qui menaçait de l'engloutir. Comme s'il se sentait menacé par une mort subite. La maladie des autres le dérangeait : il évitait non seulement tout contact avec le malade, mais aussi toute discussion à ce sujet. La maladie était pour lui un signe de faiblesse, de faiblesse personnelle. Peu importe qui elle affectait, sa mère, ses enfants, ses maîtresses. Il avait rejeté sur moi la responsabilité de mon effondrement psychique, puis m'avait mise entre les mains de Jacques : tu es médecin, maintenant, à toi de t'en occuper. Il ne lui serait pas venu à l'esprit de venir me rendre visite à l'hôpital, de s'asseoir à côté de moi en me tenant la main et de toucher mon front d'un air inquiet. Non, non, il préférait payer quelqu'un pour le faire à sa place, comme si la personne qui veillait le malade n'avait pas d'importance, comme si c'était un devoir désagréable, et non une marque d'attention et d'amour. Picasso n'avait pas de temps pour ces banalités.

Ce pourquoi, dès que j'ai été admise à l'hôpital, pour lui, l'affaire était réglée. Non seulement ce n'était plus à lui de s'occuper de moi, mais j'avais officiellement le statut de malade, qui m'éloignait encore davantage de lui. Même s'il s'était déjà comporté envers moi comme si j'étais une pomme véreuse, comme s'il y avait en moi quelque chose de pourri, d'usagé. Il avait vu ma folie quand je ne la pressentais pas encore, ses tableaux en témoignent. Ma maladie lui avait servi d'excuse officielle aux yeux du monde pour se débarrasser de la folle.

L'année 1939 n'avait pas été tendre avec lui : sa mère était décédée en janvier, puis Barcelone était tombée, puis Madrid... Au beau milieu de l'été, alors que nous étions à Antibes, était arrivée la nouvelle que son vieil ami, le galeriste Vollard, était mort. Une lourde statue de femme de Maillol lui était tombée dessus depuis le siège arrière de sa voiture, le tuant sur le coup. Picasso avait été profondément ébranlé par cette terrible symbolique. Il ne pouvait se débarrasser de l'ombre de la mort qui semblait le suivre et annoncer la guerre. Il errait sur le front de mer, seul ou avec Sabartés, il faisait les marchés aux puces, dont il rapportait des rebuts informes et non identifiables de métal, de bois, de caoutchouc, qui deviendraient entre ses mains des sculptures.

Nous avions déménagé à Royan un jour avant que la guerre ait été déclarée. Les Américains lui avaient proposé de s'installer chez eux, comme les Breton. Mais c'était inenvisageable pour lui, et pas pour des raisons politiques ou idéologiques. Trop de problèmes pratiques et de complications qui lui auraient pris du temps. Mais il y avait aussi dans ce refus beaucoup d'assurance : il était convaincu d'être déjà si célèbre que les Allemands lui ficheraient la paix s'il se cachait dans un coin et se taisait. Et il s'est avéré qu'il avait raison.

Nous vivions à l'Hôtel du Tigre. En me réveillant à ses côtés, j'avais pensé que nous allions à présent être seuls. Enfin seuls. Comme je me trompais ! Car bientôt, j'ai découvert qu'il avait à mon insu installé dans le village voisin Marie-Thérèse et Maya.

Bien entendu, que dans un endroit si petit notre rencontre soit inévitable ne le gênait pas. Il était important pour lui de nous avoir toutes au même endroit, et de pouvoir leur rendre visite à n'importe quel moment. Cela lui donnait le sentiment de contrôler la situation. Je restais à l'hôtel, à peindre avec acharnement de mauvais tableaux, mais c'était le cadet de mes soucis. J'avais besoin d'une routine, de quelque chose à quoi me raccrocher fermement dans mon insécurité. Je me sentais effrayée et abandonnée, et je me sauvais ainsi. Je n'avais pas encore compris que la création était la seule manière de lui échapper.

Picasso, en réalité, préférait être seul, ce pourquoi il avait loué un atelier dont l'accès m'était interdit, ainsi qu'à Marie-Thérèse. Étrangement, il travaillait peu, il passait le plus clair de son temps sur les marchés aux puces où il récoltait « de la matière ». Tout était pour lui de la matière, des déchets aux êtres humains. Je voyais qu'il était préoccupé, car la situation était imprévisible. Il avait toujours été ainsi quand il sentait qu'il perdait le contrôle.

* * *

À cette époque, j'avais vécu à Royan une autre sorte de crise qui n'avait rien à voir avec la guerre. Jacqueline nous avait rejoints avec sa fille, Picasso lui avait présenté Marie-Thérèse. Bientôt, elles se promenaient dans les parcs et les rues avec leurs petites filles, Maya et Aube, qui avaient le même âge. Mon amie et mon ennemie flânant nonchalamment ensemble ! Jacqueline ne semblait pas comprendre à quel point cela me blessait. Mais il y avait une autre raison qui faisait que je me sentais exclue. Pour la première fois, je souffrais à cause des enfants. À la veille de mon départ pour Royan, j'avais appris que j'étais stérile. Un jour avant, j'étais assise dans le cabinet à écouter le docteur me dire d'une voix pleine de pitié : Je dois vous annoncer que, malheureusement... Sur le coup, son attitude m'avait paru insultante – comment se permettait-il de présupposer que cette nouvelle était triste pour moi ? Je n'ai jamais eu envie d'avoir des enfants, lui avais-je rétorqué, la tête haute, avant de tourner les talons. Cependant, en regardant ces deux femmes à Royan, j'avais le sentiment d'être une perdante.

À aucun moment, je n'ai pensé que je voulais un enfant de lui, mais, il faut bien l'avouer, ce n'est tout de même pas la même chose quand c'est ton choix, et quand tu ne peux pas enfanter. Ce pourquoi, à cause de ce diagnostic, j'avais le sentiment d'avoir moins de valeur que Jacqueline et Marie-Thérèse. Aux yeux de Picasso, j'étais moins une femme qu'elles deux, que toutes les femmes capables d'enfanter, j'en étais douloureusement consciente.

Jacques me demanderait certainement à présent si nous avions parlé de mon diagnostic ? Nous, nous n'en avions pas parlé, cela n'aurait eu aucun sens. Après toutes ces années ensemble, nous pressentions tous les deux la raison pour laquelle je n'étais pas tombée enceinte. Il était trop tard pour en discuter. J'aurais eu l'air de me justifier de ne pas pouvoir avoir d'enfants, et je n'en avais aucune envie. Ma position de perdante empirait aussi parce que je me voyais à travers ses yeux : une femme n'est pas une femme tant qu'elle n'est pas mère. Bien entendu, j'avais réfléchi au fait que notre relation aurait tout de même été différente si nous avions eu un enfant. Le lien physique aurait perduré, l'homme aurait laissé sa trace dans le temps, en moi, entre nous. C'est précisément ce dont Marie-Thérèse était convaincue, que Picasso était à elle, qu'elle était son seul véritable amour, et toutes les autres des aventures passagères. Il venait une fois par semaine jouer avec Maya. À l'époque, il me semblait que leur relation ne subsistait que grâce à la petite fille. Car qu'aurait-il bien pu voir en Marie-Thérèse à part la mère de son enfant ? De quoi pouvaient-ils bien parler ? C'était une jeune femme sans éducation, qui ne manifestait pas le moindre intérêt pour son art, ses amis, ses idées. Elle était elle-même comme un grand enfant, confiante à l'excès et complètement dépendante de lui. Elle l'aimait inconditionnellement. Comme sa mère, sa sœur, sa tante, sa grand-mère. Je suis certaine qu'il continuait à aller chez elle pour cette forme d'amour inconditionnel.

Est-ce que je l'enviais ? Oui, certainement, pour les soins dont il l'entourait, parce qu'elle était la mère de leur enfant. Je discernais autre chose dans le lien qui unissait Picasso à Marie-Thérèse. Elle ne faisait rien. J'ignore si elle avait des centres d'intérêts avant d'avoir accouché, ce qu'elle faisait, quelles étaient ses aspirations. Après tout, elle n'avait que dix-sept ans quand il l'avait rencontrée ! Mais en donnant naissance à un enfant, elle avait obtenu le statut de mère. Tout comme ma mère Julie, elle n'avait plus besoin de réfléchir à comment gagner sa vie. La maternité était devenue sa profession. Contrairement à mon amie, la peintre Jacqueline, qui laissait plus ou moins Aube sous la responsabilité de son père, parce qu'elle s'intéressait à autre chose, parce qu'elle était une personne à part entière, intéressante, vivante. Elle ne se servait pas de son enfant comme une excuse à ses échecs artistiques.

Olga, avec qui il avait un fils, Paulo, et qui ne signifiait désormais plus rien pour lui, était un exemple tout à fait opposé. Une cinglée qui suivait ses autres femmes dans la rue, qui les arrêtait pour les prévenir à qui elles avaient affaire. Une folle, avais-je hautainement déclaré en la chassant du revers de la main quand elle m'avait une fois attendue devant chez moi pour me suivre jusqu'à l'atelier. Vêtue d'un manteau de velours noir et d'un chapeau à voilette comme si elle était en deuil, elle avait l'air tout droit sortie d'une friperie du Quartier latin. Quand elle m'avait tirée par la manche de sa main osseuse gantée de résille noire, il m'avait semblé qu'elle sentait la poussière. Son visage, déjà ridé mais encore beau, était recouvert d'une épaisse couche de poudre. Ce matin-là, elle était sans doute restée longtemps devant le miroir, elle s'était peut-être même préparée pour sa rencontre avec moi, la dernière maîtresse en date de son époux devant la loi. Elle m'avait crié au visage : Mademoiselle, mademoiselle, n'y allez pas ! Ce n'est pas une bonne personne, je le connais bien. Regardez ce qu'il a fait de moi, une mendiante, une folle, une petite vieille paumée. Vous vous imaginez vraiment que vous allez mieux vous en tirer ? Pourquoi est-ce que vous pensez ça ? Je sais, parce que vous êtes jeune. Mais croyez-moi, il en trouvera une encore plus jeune, il vit de nous, les femmes, il se nourrit de nous !

Elle ne lâchait pas ma manche. J'avais dû détacher ses doigts un par un pour me libérer. J'avais continué à l'entendre même après avoir tourné au coin de la rue, sa voix ressemblait à un gémissement de chien.

Une folle, dirait également Françoise d'Olga quelques années plus tard, quand cette dernière l'arrêterait alors qu'elle se promenait sur les quais, le petit Claude dans sa poussette. Pourquoi ne nous écoutons-nous pas les unes les autres, pourquoi ne nous croyons-nous pas ? Parce que chacune d'entre nous pense être la bonne, celle qui le changera.

Aujourd'hui, parfois, je me dis que j'aurais aimé avoir un enfant, ne serait-ce que comme excuse à ma débâcle artistique. Je sais, c'est égoïste, mais en l'état, je n'ai pas la moindre raison à mes échecs. Je suis à nouveau tourmentée par un sentiment de vide. J'ai les mains vides. Je n'ai ni enfant ni appareil photo, je n'ai rien. La responsabilité tout entière m'en incombe. Je peux bien accuser Picasso autant que je veux, la question demeure : pourquoi n'ai-je pas eu la force de lui résister quand j'ai vu qu'il faisait de moi son paillasson ? Pourquoi n'ai-je pas continué à photographier ? Pourquoi n'ai-je pas eu la force de sortir de l'abîme où j'étais tombée ?

L'artiste et la femme – c'était à laquelle des deux prendrait le dessus en moi. L'artiste, Picasso ne la prenait pas au sérieux, et la femme, il l'a rapidement usée. Après sept ans de lutte acharnée avec lui, j'étais épuisée. Il ne restait plus de moi qu'un chiffon dont il essuyait le sol. Plus tard, bien des années plus tard, j'ai compris que moi non plus, je ne me prenais pas au sérieux, que je ne me consacrais pas suffisamment à mon art, sinon, je ne me serais pas inclinée, je ne me serais pas totalement abandonnée à lui. Ça avait été ma première erreur. La deuxième, c'est que je voulais un partenariat, et pas seulement une relation amoureuse. J'avais cru que c'était possible. Mais je n'étais pas à la hauteur. Sa mère, doña María, savait bien que son seul véritable amour était la peinture. *El amor era su pintura*, disait-elle. Mais elle non plus, je ne l'avais pas écoutée…

* * *

Quand, en 1941, nous sommes rentrés à Paris, lui dans sa voiture, moi en train, c'était la première fois que je voyageais ainsi depuis que nous étions ensemble. Je me sentais bannie, doublement, triplement perdante. J'avais bien compris que j'étais détrônée. Mes papiers portaient un nom de famille suspect. Picasso n'avait pas pensé au fait que le moindre soldat allemand aurait pu contrôler mon identité et douter de ma pureté raciale. À un moment, un jeune officier allemand s'est assis en face de moi dans le compartiment. Il ne parlait pas français. Il s'était adressé à moi avec les quelques mots qu'il connaissait. *Mademoiselle, vous êtes française ?* m'avait-il demandé. Mon visage de glace avait fondu en un sourire séduisant. J'avais hoché la tête, *oui, je suis française,* prononçant ce dernier mot comme *francesa.* Je ne pense pas qu'il ait discerné la différence de prononciation. Encore moins su ce que cette déformation du mot *française* voulait dire à Buenos Aires. Mais peut-être qu'à mon sourire déjà, à mon empressement à lui confirmer mon identité, et à la peur tapie dans la profondeur de mes entrailles, il avait pressenti sa signification : prostituée. Et moi, même en cet instant où je mourais de peur, je jouais insolemment avec mon identité, comme si c'était Georges qui était en face de moi, et non ce jeune homme aux yeux bleus en uniforme ennemi.

Ce voyage en train m'a fait prendre conscience que j'étais abandonnée à moi-même, en des circonstances qui étaient soudain devenues difficiles et dangereuses. J'avais perdu des droits, mais je conservais le statut de maîtresse. J'avais toujours accès à l'atelier, à sa cour, à lui, à son lit. C'était à présent la seule chose qui comptait pour moi.

Il avait fait très froid cet hiver-là. Je me rappelle le temps que nous passions à chercher du charbon et de la nourriture. Nous restions chez lui à l'atelier, et lui, bien entendu, travaillait jusqu'à avoir les doigts gelés. Alors, je prenais ses mains dans les miennes et les réchauffais de mon haleine. Ou il se tenait derrière moi et les glissait sous mes vêtements. Notre souffle se figeait, la pièce sentait l'humidité et ses cigarettes, je m'emmitouflais étroitement dans un châle de laine, les jambes recroquevillées sur le sofa, dans une position bien peu digne d'une dame. Les visiteurs continuaient à venir tous les après-midi, faisant entrer avec eux une nouvelle vague de froid. Tous ceux qui étaient déjà à l'intérieur criaient en chœur : La pooorte ! Le soir, nous allions obligatoirement au café, jusqu'au couvre-feu. Je me souviens que, quand nous marchions, mes semelles de bois résonnaient sur le trottoir. Il n'y avait plus de chaussures dans les magasins, je portais des sabots. Picasso ne se séparait jamais de ses mitaines. Il pouvait vivre sans manteau, mais pas sans ses mitaines. Malgré la guerre, nous étions davantage ensemble à Paris qu'à Royan. Pourtant, je sentais que nous nous éloignions de plus en plus.

Quand nous étions revenus à Paris, il s'était mis à ranger frénétiquement ses travaux. Le plus important, c'était de protéger les tableaux ! Paul Éluard, mon cher Paul et le sien, avait été mobilisé. Picasso lui aussi s'était mobilisé pour mettre ses peintures en lieu sûr. Dans le coffre-fort d'une banque, rien que ça. Je ne peux pas dire que je lui en ai voulu, mais cette disproportion entre le souci qu'il avait de lui et celui qu'il portait aux autres n'a jamais cessé de me fasciner.

Le plus important, pour lui, c'était d'avoir la paix, de créer en paix. Cette raison pratique l'a poussé à s'encarter au parti communiste en 1944. Je ne l'avais pas pris au sérieux. Comment aurais-je pu ? J'étais une femme de gauche, politiquement engagée, et pourtant, je n'étais pas entrée au parti. Ma participation au groupe gauchiste Contre-Attaque m'avait guérie de l'idéologie. Mon meilleur ami Paul était un communiste convaincu, oui – mais Picasso ? Contrairement à Paul, il était anarchiste et catholique, tout sauf communiste. Sa carte de membre lui servait de bouclier. Après la guerre, le parti communiste était devenu une organisation forte et puissante, à même de protéger les siens. Et leurs richesses, ajouterais-je. Je n'oublierai jamais sa sortie : mon parti, ce sont mes tableaux !

À la différence de Picasso et de beaucoup d'autres, je prenais les opinions et les principes politiques au sérieux. Dora, ne sois pas si sérieuse, me disait-il souvent. Contrairement à moi, Picasso, je peux le dire en toute tranquillité, faisait commerce de ses convictions. Je ne dis pas qu'il ait mal agi, qu'il ait ainsi directement nui à quelqu'un. C'était un nom connu, les communistes étaient heureux qu'il se déclare l'un d'entre eux, peu importe qu'il soit un partisan convaincu, comme par exemple Aragon, ou un simple compagnon de route. Il leur avait dessiné une colombe de la paix, il prenait part à leurs congrès et sortait les grandes formules vagues qu'on attend de ce genre de personnalités. En échange, il avait la paix, la garantie que personne n'allait venir le déranger, pas plus la police que l'administration, le fisc, les fonctionnaires et autres « fouille-merde » de cette espèce.

Il avait fait bien pire pour avoir la paix... Il avait menti, négligé ses enfants, été cruel envers ses amis. Quand je me rappelle Max Jacob ! Nous savons tous que Max est mort d'une pneumonie dans le camp de concentration de Drancy. Mais Picasso n'avait pas signé la pétition pour sa libération, lancée par Jean Cocteau dès que les Allemands l'avaient interné comme Juif, et au bas de laquelle nombre d'artistes célèbres avaient apposé leur nom. Il avait dit quelque chose de stupide du genre, il est débrouillard, notre Max, il va bien trouver un moyen de s'en sortir. C'est difficile à croire, et plus encore à pardonner...[11].

Dire une chose pareille d'un Juif interné en 1944 signifiait soit qu'il ne tenait pas à cette personne, soit qu'il était inconscient du danger. Il n'aurait sans doute, de fait, pas pu le sauver, mais il n'a même pas essayé, alors même qu'il savait que son engagement aurait eu un retentissement tant chez les autorités d'occupation que dans la presse internationale. J'ai bien peur que les motivations de Picasso n'aient été, dans ce cas précis, bassement terre à terre et immorales. Bien entendu, il tenait à Max. Il connaissait le danger auquel étaient exposés non seulement les Juifs, mais les étrangers en général, moi y compris. D'autant plus, ou précisément pour cette raison, Picasso n'avait pas voulu risquer de mettre en péril ses bons rapports avec les

---

11. Dora écrivait aussi de la poésie. Dans la marge de cette page, elle a noté au crayon à papier les vers suivants, qui semblent avoir été ajoutés dans le cahier après coup :
Depuis longtemps déjà, nul ami,
Nul passant.
Je marche seule. Je parle seule.

occupants. Car ils le laissaient tranquille. Le plus célèbre représentant au monde de la peinture « décadente » courbait l'échine et se taisait. Les occupants ne l'ennuyaient pas, ou juste le minimum nécessaire pour lui faire comprendre qu'il était surveillé. Le pire qui lui était arrivé, c'était la question que lui avait posée dans son studio un officier nazi, après avoir remarqué une photographie de *Guernica* : Est-il vrai que c'est vous qui avez peint ça ? Ben non, c'est certainement vous ! – lui avait répondu Picasso, « avec insolence et bravoure », comme il s'en était vanté par la suite. Je ne dirais pas qu'il avait consciemment conclu un pacte avec l'ennemi. Cette situation découlait de sa nature : il était prêt à payer le prix fort juste pour qu'on le laisse travailler en paix. Par la suite, il s'est avéré qu'il avait des protections haut placées dans le gouvernement de Pétain. Je ne lui ai jamais pardonné son attitude envers Max...

Je ne peux pas dire qu'il se soit jamais distingué par son courage. Ni en 1914, quand, par exemple, Apollinaire s'était engagé dans l'armée, ni pendant la guerre civile, quand il n'avait pas eu le cran de rendre visite à sa mère ! Il ne s'était même pas rendu à son enterrement. Ses amis espagnols ne l'ont pas oublié. Selon moi, il n'était ni courageux ni lâche, car ces deux concepts impliquent une responsabilité morale. Il était neutre. Mais il y a des situations où tu dois faire un choix, et si tu choisis le mauvais camp, tu te comportes de manière immorale.

* * *

Mon père a quitté Paris en décembre 1940, un matin à l'aube, en secret. Je suppose qu'il nous avait caché son départ dans l'espoir de nous éviter à toutes les deux un drame, surtout à Julie. Il détestait les effusions de sentiments dont Maman était coutumière. Mais Maman souffrait beaucoup sans lui, car la vie quotidienne, sans gaz, sans charbon, sans transports, avec les restrictions de nourriture, était difficile. Elle lui écrivait à ce sujet régulièrement de longues complaintes.

Ou peut-être que les raisons de son silence étaient de nature purement pratique. Peut-être avait-il des papiers douteux ? Même s'il n'était pas Juif, je sais qu'il avait peur. Il disait que tous les étrangers sont suspects en temps de guerre. La France, peu avant sa fuite, avait instauré la lettre J sur les documents d'identification des personnes d'origine juive. Il s'était occupé à temps de mes papiers et j'avais reçu en juillet de cette année-là un passeport du Royaume des Serbes, Croates et Slovènes. Il y était précisé que j'étais peintre et photographe et, dans la rubrique « caractéristiques spécifiques », que j'étais aryenne et catholique, ce qui, pendant la guerre, était synonyme de salut. Mon père, qui avait passé toute sa vie en dehors de son pays et avait été étranger partout où il avait vécu, en était éminemment conscient. Il s'était souvent efforcé de me représenter ma position incertaine de citoyenne française au nom de famille louche, mais à l'époque, il pensait m'avoir, avec ce passeport, mise à l'abri des persécutions des autorités d'occupation allemandes. Dans ses lettres, il nous disait qu'il envisageait que nous déménagions tous les trois en Argentine, pour des raisons de sécurité, mais aussi parce qu'il y avait là-bas beaucoup de femmes qui travaillaient dans l'art, la décoration d'intérieur et autres professions approchantes. *Ça serait bien pour notre Dorica,* écrivait mon père à Julie. Aujourd'hui encore, il est convaincu que c'est ma relation avec Picasso qui m'a privée d'une brillante carrière. Il a peut-être raison, mais je ne peux pas le lui avouer ! Mieux vaut pour lui qu'il pense que sa fille est, après tout, médiocre.

Pour Maman, la guerre et le départ paternel étaient un prétexte idéal pour s'inquiéter, non seulement pour moi, mais aussi pour lui. Et, bien entendu, pour prier encore plus. Avec moi et mon père, la religion était peut-être le seul point d'ancrage de sa vie. Les prières jouaient un rôle de rituel quotidien, je dirais même d'hygiène quotidienne, comme se laver les dents ou aller à la selle régulièrement, quelque chose qu'il faut faire, sans quoi le monde partirait à vau-l'eau. Je sais, c'est vulgaire. Mais Maman ne questionnait rien, elle ne réfléchissait pas à sa relation envers Dieu. Le plus important, c'était le rituel. La meilleure comparaison pour sa fervente religiosité serait peut-être la discipline militaire : les ordres ne sont pas là pour être discutés, mais pour être exécutés. Maman « exécutait » ses prières, et cela l'aidait à survivre. Dans les moments difficiles, elle se réfugiait encore plus dans la foi. Parfois, je me disais qu'il ne lui manquait plus que de devenir une flagellante.

Toutes les deux, nous vivions dans deux mondes différents, bien qu'habitant encore ensemble à la même adresse. Jusqu'à ce qu'un jour, moins d'un an après le départ de mon père, elle ne s'écroule tout simplement à terre, inerte. À ce moment-là, j'étais chez Picasso, le téléphone avait sonné en fin d'après-midi. Nous avions discuté, elle était en colère contre moi. Le pire, c'est que je ne me souviens d'aucun des détails de cette discussion ! Portait-elle sur des chaussures que j'aurais dû lui rapporter de chez le cordonnier, ou sur des pommes de terre, ou sur du charbon – des thèmes loin d'être aussi futiles qu'ils en ont l'air aujourd'hui – ou sur un médicament contre les maux de tête ? Elle avait des migraines terribles. Je sais juste que j'aurais dû faire quelque chose pour elle, et que je ne l'avais pas fait. Je m'étais justifiée, elle avait prouvé que j'avais tort, sa voix était devenue perçante, d'une octave plus aiguë, son ton m'irritait particulièrement. Puis, j'avais entendu un son que j'entends aujourd'hui encore. Tandis que je parlais dans le combiné, j'avais entendu à l'autre bout du fil un bruit sourd, comme si quelque chose était tombé sur le plancher. Maman, Maman, réponds-moi, avais-je crié, mais elle n'avait pas répondu. Elle est furieuse contre moi à cause de notre dispute, m'étais-je dit. Ce n'est ni la première, ni la dernière fois.

C'est encore pire quand me revient en mémoire ce son, comme un râle distant et étouffé, certainement son dernier souffle. Je sais, j'ai déjà écrit à ce sujet, mais je suis encore et toujours tourmentée par l'idée que je suis, d'une certaine manière, responsable de sa mort. Quand j'en avais parlé à Jacques, il avait répliqué : Que veux-tu dire par responsable ? Peux-tu me décrire ce que tu ressens ? Et j'avais à nouveau esquivé la question. Je sais exactement ce qui s'est passé. Tandis que Julie criait dans le combiné, je ne ressentais que de la rage. Jusqu'à quand vais-je devoir l'écouter me donner des ordres ? avais-je pensé. Bien entendu que j'avais été soulagée quand elle s'était tue. Non, je n'avais pas osé lui dire que j'avais enfin soufflé quand elle s'était tue, et que c'était pour cela que j'étais aujourd'hui rongée de remords. Ce qui m'avait amenée à conclure que mes visites chez lui n'avaient pas grand sens.

Mon père nous avait quittées, et peu après, Julie était brutalement décédée. Max Jacob avait péri et Nusch était morte aussi. Comment supporter toutes ces pertes ? Je sentais la douleur s'amonceler dans ma poitrine. Une douleur étrange, comme si mon cœur était prisonnier d'une couronne d'épines qui s'enfonçait de plus en plus profondément dans ma chair, et que mon cœur se vidait de son sang, me rendant de plus en plus impuissante. Sur les images pieuses que les miséreux vendaient pour des clopinettes devant les églises catholiques de Buenos Aires, les cœurs de Jésus et Marie étaient ceints d'épines. Soudain, ces vignettes, que je contemplais enfant avec peur, imaginant leur souffrance, s'étaient matérialisées sous mes yeux. Peut-être aussi à cause de Frida et des épines sur ses tableaux. Sur certaines de ces images, les gouttes de sang étaient dessinées, ainsi que sur les calvaires des églises. Je saignais de l'intérieur. Par moments, la douleur était si intense que je devais m'échapper de moi-même pour me sauver.

Une fois, les voisins m'ont trouvée assise dans les escaliers de mon immeuble. Ce qui n'aurait rien eu d'étrange si je n'avais pas été nue et complètement perdue. J'étais recroquevillée, je tremblais de froid, et je ne savais pas où j'étais. Je me souviens qu'une foule de gens chuchotaient, surexcités, autour de moi, on entendait une musique joyeuse. Quelqu'un m'a couverte et raccompagnée dans mon appartement. Sur le coup, je ne savais pas qui j'étais. Je n'avais pas la moindre idée de comment je m'étais retrouvée dans cette situation. Mais cet oubli passager m'avait apaisée et soulagée. Car tandis que je ne ressentais que le froid, la douleur avait un instant cessé.

La deuxième fois, je me suis égarée. À moins que pas vraiment ? C'était peut-être une défense inconsciente, une fuite de la réalité. Je me suis retrouvée dans une rue inconnue, trempée par la pluie. Je savais juste que j'étais sortie de chez moi et que j'avais pris mon vélo pour aller sur le boulevard Saint-Germain, et qu'on était en fin d'après-midi. Étais-je tombée ? Étais-je entrée dans une boutique et, pendant ce temps, quelqu'un m'avait-il volé mon vélo ? Je ne ressentais aucune douleur, j'étais juste restée, à un moment, désorientée. J'avais demandé à un passant où était la rue de Savoie, et m'y étais dirigée à pied, par des rues que soudain, je ne reconnaissais plus. J'étais arrivée à destination, mais le chemin m'avait semblé inhabituellement long et tortueux. Tandis que j'errais ainsi dans des rues inconnues dans mon voisinage le plus proche, j'avais à nouveau ressenti cette sorte de soulagement. Je me sentais bien tant que je ne savais pas ni qui j'étais, ni où j'étais.

Plus tard, j'avais établi que j'étais en réalité à côté de chez moi, que mon vélo était garé bien sagement devant la boulangerie.

Depuis déjà quelque temps, j'éprouvais entre mon entourage et moi un décalage, et je sentais bien que ce fossé était de plus en plus grand. Parfois, tandis que je marchais dans une rue familière, il me semblait que s'ouvrait devant moi une faille, un gouffre profond, un trou, du noir. Je m'arrêtais, paniquée, le souffle court, les mains moites. J'avais certainement l'air d'une folle, plantée au milieu du trottoir, avec les passants qui se cognaient à moi ou me contournaient, alors que j'étais figée comme une statue de bois, les bras le long du corps, les épaules contractées, les yeux dans le vide. Cette paralysie durait un certain temps, je ne sais pas combien au juste, puis je reprenais ma route.

* * *

Étrange comme, parfois, des détails banals deviennent décisifs. Ce n'est que longtemps après mon séjour à l'hôpital que j'ai compris que la goutte d'eau qui avait fait déborder le vase, c'était une simple coupe de cheveux ! Trois jours avant ma crise, Picasso avait enfin fait couper la mèche qu'il se lissait depuis ses années sur le crâne. Il l'avait fièrement raconté à Malraux, quand ce dernier lui avait rendu visite dans son atelier. Le pauvre homme n'avait rien compris. De quelle mèche lui parlait-il ? Et pourquoi une mèche de cheveux était-elle si importante pour le plus grand peintre contemporain ?

Quand je l'ai appris, j'ai su, j'ai compris, que c'était fini entre nous. La disparition de cette mèche m'a fait l'effet d'un tremblement de terre ! Cela aurait été impensable pendant que nous étions ensemble, même si j'étais la première à lui dire de la couper, car cette coiffure trahissait sa vanité. Mais il l'avait coupée pour Françoise, une jeune étudiante en peinture qui aurait presque pu être sa petite-fille, et qui était devenue, pour m'exprimer poliment, sa nouvelle muse. Picasso n'avait pas recouru à ce geste, pour lui radical, pour faire l'important : couper sa mèche était un acte symbolique de changement.

Mon monde, ma relation avec Picasso, les règles auxquelles nous nous tenions – imposées par lui – tout s'écroulait. Ce pourquoi, trois jours plus tard, j'étais arrivée au déjeuner renfrognée et de mauvaise humeur. Pourquoi m'avait-il invitée ? Et comment croyait-il que j'allais réagir ? Je vivais la coupe de sa mèche comme une grande trahison, ce qui a bouleversé mon équilibre. J'avais appris par Paul qu'il s'était fait une coupe et j'étais sans doute venue juste pour m'assurer que c'était bien vrai. J'avais envie de lui dire quelque chose de blessant, je répétais en moi-même des piques assassines.

Ce jour de mai, j'étais attendue au restaurant *Le Catalan* par Picasso, Paul, Nusch, Brassaï et quelques autres amis. La guerre était finie et cela se sentait au moindre pas. Les passants se saluaient, des inconnus vous faisaient des signes de la main ou hochaient la tête, gonflés de joie à en exploser.

Le temps que j'arrive à l'auberge, ils étaient tous déjà installés et mangeaient. Picasso sans son béret, chauve, sans mèche. Comme d'habitude, il mangeait un chateaubriand, gesticulant et parlant en même temps, tandis que les autres riaient servilement à ses plaisanteries. Je m'étais assise, sombre – comme me l'a dit Paul par la suite, j'étais arrivée le visage fermé –, le regardant sans un mot couper de son couteau aiguisé la pièce épaisse de viande presque crue. Chaque coup de couteau faisait saigner encore un peu plus la viande – c'est du jus, pas du sang, m'avait-il dit un millier de fois en riant. Le fond de l'assiette blanche était devenu rose, puis rouge.

Après quelques instants, je m'étais levée et j'étais sortie.

Il ne s'était rien passé de particulier. J'avais observé les convives, leurs visages tournés vers Picasso. Ils le contemplaient comme s'il était le soleil, comme si leur vie dépendait de lui. Il y avait quelque chose de repoussant dans cette vision, un fluide imperceptible flottait dans l'air. Je l'avais regardé, et j'avais vu qu'il était conscient de l'adoration que dégageaient les gens autour de lui, qu'il jouissait de ses propres paroles, de son pouvoir. Il était le roi et eux ses courtisans, ses serviteurs, dépendants de lui, du moindre de ses gestes et de ses mots. C'est peut-être moi que j'ai vu en eux, mes attentes, ma dépendance. En bonne surréaliste, j'ai peut-être vu dans la pièce de viande mon propre cœur saigner sur l'assiette ! Et j'ai compris, oui, j'ai compris que je ne pouvais plus le supporter. Pas une minute de plus !

C'était un sentiment de nausée tout ce qu'il y a de plus physique. Comme si, si je ne me levais pas immédiatement pour partir, j'allais vomir sur la table devant tout le monde. Sur tout le monde.

J'étais horrifiée par la soumission, d'une part, et la suffisance de l'autre, que je voyais sur les visages qui m'entouraient, plus nettement que jamais auparavant. Bien entendu, j'étais consciente de tout ça depuis longtemps, je connaissais parfaitement la hiérarchie des relations dans la bande. Mais cette fois-ci, la différence, c'est que même dans le groupe, je le voyais lui aussi comme de l'extérieur, comme si j'étais une intruse parmi eux, ce que j'étais probablement devenue au fil du temps. Je pense que ce regard extérieur a suscité un court-circuit dans ma tête. Il était soudain clair, limpide, que je n'appartenais plus ni à lui ni à eux, que ce jeu de pouvoir était terminé. Et j'avais dû me séparer d'eux physiquement. Je m'étais levée et précipitée dans la rue.

J'avais l'impression que quelqu'un arrachait à mon corps des morceaux de viande crue. Sur cette assiette blanche, tel un autel où l'on étend la victime, c'était moi que Picasso avait découpée, pas la pièce de bœuf. Il m'avait charcutée lentement, avec un couteau émoussé, et cela avait fait encore plus mal. Il m'avait déchiquetée en petits morceaux pour mieux me mâcher et m'avaler, tandis que mes amis le regardaient en riant m'engloutir avec délice, et que je disparaissais dans sa gueule de Minotaure. Aucun d'entre eux, surtout pas Picasso, n'avait prêté attention à mon étrange comportement, manifestement un appel à l'aide. Et s'il l'avait entendu, cela lui avait vraisemblablement rappelé le hennissement du cheval qui meurt à la corrida, éventré, les intestins répandus sur la poussière de l'arène, tandis que le taureau se tient au-dessus de lui et mugit victorieux, les cornes ensanglantées. Oui, comme à la corrida, mais à la corrida, l'homme et l'animal sont à égalité, car le taureau est fort et l'homme rusé, tantôt c'est l'un qui gagne et tantôt l'autre.

Je sentais la moindre morsure de ses dents ! Je disparaissais, je me décomposais, j'étais, assise là-bas, déjà en fuite, mais dans ma tête. Je ne pouvais plus le supporter, je devais m'enfuir avant qu'il n'engloutisse totalement ce chateaubriand, avant qu'il ne me finisse comme cette pièce de bœuf sur son assiette.

* * *

Paul m'a retrouvée dans le placard. J'avais voulu me cacher, comme quand j'étais toute petite et que j'en avais assez de mes parents et de leurs disputes. À l'époque, déjà, je me réfugiais parfois dans le placard. Je m'imaginais que j'avais disparu et je me sentais bien. Ce pourquoi, ce jour-là, je me suis ruée dans mon appartement, et je me suis enfermée dans l'armoire de ma chambre. Dans le noir. En sombrant dans cette faille qui s'ouvrait en moi encore et encore, j'ai ressenti un étrange vertige.

Je me souviens juste m'être réveillée à l'hôpital[12], assaillie par une nouvelle forme de douleur. L'odeur de l'alcool. Le contact froid de doigts sur mes tempes, puis une douleur qui me vrille le crâne comme une aiguille à tricoter. Plusieurs piqûres aiguës et fulgurantes, à de très brefs intervalles. Je sens mon corps tressauter sur le lit, et des mains vigoureuses me maintiennent pour m'empêcher de tomber. Comme s'il y avait en moi une bête sauvage qui voulait se libérer, des spasmes m'agitent les os et la peau, et elle se libère enfin, elle sort enfin de moi.

Je suis à nouveau couchée derrière un rideau blanc et ondulant, derrière une cloison semblable à celle de ma chambre d'enfant, à Buenos Aires. Au moment du réveil, je me sens à nouveau comme une enfant, perdue, faible, épuisée, sous surveillance. Je discerne l'infirmière qui s'occupe de moi, j'entends son souffle, le grincement de la chaise, le bruissement des feuilles de papier, la conversation étouffée avec le docteur, le cliquètement menaçant des instruments sur le plateau métallique, et ses pas tandis qu'elle s'approche de moi pour une autre injection qui me fera sombrer dans le sommeil. J'ai le cerveau comme des blancs en neige, creux et léger. La réalité derrière le rideau me semble si proche, et pourtant, je ne peux l'atteindre. Je ne peux ni lever la main ni émettre un son.

12. Ici, le nom de l'hôpital est énergiquement biffé. Il y a plusieurs versions contradictoires sur le séjour de Dora à l'hôpital Sainte-Anne. Ortiz, par exemple, précise qu'elle a été inscrite dans les registres de l'hôpital sous le nom de Lucienne Tecta, patiente du Dr Lacan. Françoise Gilot, elle, affirme dans son livre que c'est précisément Lacan qui a fait des électrochocs à Dora. D'autres auteurs estiment que c'est lui qui l'a sauvée de cette thérapie et l'a fait admettre dans une clinique privée. Nous ne disposons pas de données fiables. (Note de l'autrice.)

Je sens des regards sur moi. Ils m'observent. Je ferme les yeux et je plonge à nouveau dans un sommeil plus profond que le sommeil, où nul ne pourra m'attraper.

Plus tard, l'infirmière me raconte qu'ils m'ont retrouvée recroquevillée sous le lit d'hôpital, à parler une langue qu'ils ne comprenaient pas, et que mon médecin, le Dr Lacan, s'est inquiété pour la première fois après quelques thérapies aux électrochocs. Ces chocs sont trop rudes pour elle, a-t-il décrété, et il m'a fait admettre dans une autre clinique.

Oh, comme je me rappelle bien cette sensation d'incommensurable solitude que j'ai ressentie alors ! Quand ils m'ont envoyée à l'hôpital, j'ai été submergée par un sentiment d'abandon, comme si j'étais seule dans un monde glacé et que c'était ma fin. Je me sentais mourir. J'étais couchée sur un lit dans une grande chambre vide et sans fenêtres. Je ne pouvais pas bouger. Étais-je attachée ? Je l'ignore. Je gisais nue sous un drap rugueux, comme si j'étais déjà un cadavre. Je n'étais réchauffée que par les larmes brûlantes qui coulaient le long de mes joues et de mon cou. Du dehors ne me parvenait aucun son. J'étais enterrée dans les entrailles de l'hôpital, peut-être à la morgue, et j'attendais la mort. J'étais seule, et c'était horrible d'être ainsi abandonnée de tous, oubliée de tous.

Plus tard, j'ai entendu la même chose d'autres personnes ayant connu une expérience semblable : au moment où tu penses que tu pars, le plus important pour toi, c'est de ne pas être seul. Tout ce que tu veux, c'est qu'un autre être humain te tienne par la main. Ça peut sembler étrange, mais ce besoin de contact, de chaleur, était si fort que je me fichais de qui était cette personne – une infirmière, un médecin, un passant inconnu, un patient. Je voulais juste avoir quelqu'un à mes côtés. Mais il n'y avait personne… Avais-je besoin du contact humain, de la sensation même du toucher, comme d'un signe que j'étais encore en vie ? Ou avais-je envie que quelqu'un m'accompagne pour avoir moins peur ? Le sentiment de solitude au moment où tu meurs, où tu crois mourir, est si atroce que tu es pris de panique comme devant un gouffre dans lequel tu sais que tu dois sauter. À un moment donné, tu n'as plus d'appuis, tu flottes dans les airs avant de tomber à pic et que ta conscience et ton corps n'explosent en un millier de petits morceaux.

C'est comme ça que je me sentais avant qu'ils ne me soumettent aux électrochocs. Et ça m'a changée. Une partie de moi est restée dans cette pièce, congelée, oubliée, enterrée.

* * *

Mais quand j'ai survécu à ce moment d'atroce solitude à la lisière de la folie, j'ai su que j'allais m'en sortir. D'ailleurs, on peut vivre tout à fait normalement sans émotions. Quand on t'arrache le cœur, on t'enlève aussi la capacité à souffrir. Bien des années plus tard, je me sens mieux, j'ai un regard plus apaisé sur ma situation. J'ai encore des amis, je sors, je prends du plaisir aux discussions et aux expositions. Je suis paisible car Picasso est avec moi, là, dedans, comme une épine qui s'est enfoncée trop profondément dans la chair pour qu'on puisse l'en extraire. À présent, nous nous voyons rarement, le plus souvent par hasard. Après toutes ces années, j'ai compris qu'il ne pouvait pas en être autrement. L'une de ses caractéristiques a éclipsé les autres, l'artiste a subjugué le mari, le père, l'amant, l'ami, le neveu et même le fils. C'est à cause de ma soumission et de ma vanité que je me suis perdue. Je n'ai pas été démolie seulement par la destructivité de Picasso. Ce sont mes attentes qui m'ont détruite. Je ne peux pas rejeter sur lui toute la faute de mon état mental. Je ne suis pas qu'une victime, cela signifierait que je renonce à toute responsabilité sur ma propre vie.

Parfois, je suis euphorique, pleine d'énergie. Puis, je sombre dans une humeur dépressive. Je ne suis pas encore tout à fait guérie. J'ai des idées sombres, je me demande si cet effondrement psychique était un tournant, la fin de Dora Maar ? C'est une sorte de fin, je le sens clairement. Je sais, je dois me reprendre et le plus tôt sera le mieux. Je ne peux vivre d'un extrême à l'autre, j'ai besoin de structure et d'autorité. Comment pourrais-je fonctionner autrement ? Qui m'y aidera ? Mon appartement est sombre et vide, Maman est morte, Picasso lointain et étranger.

Mais je suis vivante, je me sens vivante grâce à lui ! Même quand il m'oblige à renoncer à moi. Je suis un cas désespéré. Parfois, il me manque tellement ! Son regard me manque, quand il haussait les sourcils : Dora, qu'est-ce qui s'est passé, qu'est-ce qui t'a encore mise en colère ? Mes accès de rage pour des bêtises l'amusaient parfois, il arrivait que je le fasse rire. Quelquefois, il m'écoutait attentivement, surtout quand je parlais de politique. Et il me couvait d'un regard curieux, bienveillant. Pas ce regard sombre et méchant dont il m'a suivie quand je me suis soudain levée de table au *Catalan*.

Et c'est ainsi que je reviens au début.

Je ressens le besoin de me confronter à toutes mes pertes : l'amputation de la photographie, l'amputation du statut de maîtresse officielle, la mort de ma mère, ma stérilité, ma crise psychique et, comme si ça ne suffisait pas, le récent décès de Nusch. Et comment est-elle morte, ma pauvre et belle amie ? Elle s'est subitement écroulée, frappée d'une attaque cérébrale, comme un mannequin dans une vitrine que quelqu'un aurait bousculé par inattention. Comment aurait-il pu en être autrement ? Une équilibriste de cirque qui marche sans filet sur une corde tendue au-dessus d'un gouffre, Nusch n'a jamais été autre chose. Elle était rongée par l'insécurité. De la rue, elle était tombée dans les bras de Paul, mais il ne lui offrait pas de sentiment de protection. Que n'aurait-elle pas fait pour le rendre heureux ! Je ne lui en avais pas voulu, même quand Paul l'avait offerte à Picasso comme un maquereau. Elle ne savait pas résister aux plus forts qu'elle, c'est bien pour cela qu'elle était une poupée. Ai-je eu, moi, la force de dire quelque chose pour sa défense, ne serait-ce qu'à Paul, à défaut d'en parler à Picasso ? Me suis-je comportée mieux, plus noblement, en gardant un silence renfrogné ? Je me suis comportée comme une idiote, qui trahit son amie pour que son entourage la considère comme libérée. Mais à présent, je vois que j'étais restée précisément ce que j'ai passé toute ma vie à fuir : une petite-bourgeoise ordinaire comme Maman, rien d'autre !

Au moins, je ne suis plus aveuglée par les idées à la mode et les hommes. Je suis peut-être tout simplement lasse de faire des mines, je ne sais pas. À moins que ça ne soit l'occasion de m'expliquer à moi-même ?

* * *

Longtemps après notre rupture, et après que Françoise m'avait remplacée, Picasso continuait à m'inviter à déjeuner tous les jours. Oh oui, je suis bien placée pour savoir qu'il ne laisse jamais partir les femmes. Je me préparais psychologiquement à cette rencontre, c'était pour moi le zénith de la journée. Chaque fois recommencé. Parce que j'ignorais que tant que je l'attendais ainsi avec impatience, je n'avais pas complètement rompu avec lui, bien que lui ait rompu avec moi.

Il m'avait amené Françoise à la maison pour qu'elle entende de ma propre bouche que je ne lui en voulais pas de leur relation. Si ce n'était pas de l'humiliation, je ne sais pas ce que c'était. Elle-même s'en était rendu compte et elle avait été gênée. Ce n'était pas la faute de Françoise si je m'étais soudain effondrée. Ce jour-là, elle n'était même pas au restaurant. De manière générale, elle m'évitait, faisant ainsi preuve, de manière un peu touchante, de compassion envers moi, la perdante.

Françoise avait peut-être déjà pressenti ce que j'avais longtemps refusé de comprendre : qu'il ne brisait pas les liens, qu'il ne laissait pas les femmes le quitter même quand elles étaient devenues ses ex. Comme si une partie de lui restait toujours étrangement liée à la femme avec qui il avait été pendant un temps. Il ramasse les gens, comme il ramasse les choses. Les visiteurs de son atelier rue des Grands-Augustins s'étonnent en général de tomber sur des monceaux de choses sens dessus dessous, comme aux puces. Il n'y a pas là que de la peinture, des toiles, des pinceaux, des cartons et autres fournitures d'art, mais aussi des objets dont on ne peut deviner l'usage. Des pièces détachées de machines et des bouts de fil de fer aux vieilles chaussures, il ne faut rien jeter. De ces choses qu'il ne cesse d'accumuler, Picasso dit que si elles se sont retrouvées entre ses mains, c'est qu'il doit les garder. Comme si elles avaient été consacrées à son contact. Il croit qu'il existe une raison profonde pour laquelle il a ramassé un objet qui l'intriguait. Certes, nombre de ces étranges artéfacts se retrouvaient par la suite intégrés à ses sculptures. Pourquoi en aurait-il été autrement avec les personnes, particulièrement les femmes ? Il suffisait que son regard, puis sa main se posent une fois sur elles et elles étaient élues, « consacrées ». Rien ne l'empêchait de se comporter envers des êtres vivants doués de sentiments comme un collectionneur.

Moi aussi, j'étais une pièce de sa collection. Je voyais de plus en plus clairement que je ne pourrais jamais échapper à son emprise si je ne lui trouvais pas un remplaçant. Y a-t-il un remplaçant à Picasso ? Je le connais bien, en tant qu'homme et en tant qu'artiste, et mes sentiments envers lui sont mitigés. Je l'aime autant que je le méprise.

L'homme est pitoyable, immoral, avare, méchant. L'artiste est un génie que j'admire. Grâce à son art, Picasso n'est pas une personne comme les autres. Il est plus que ça. Être Picasso est un art. Et être l'art, c'est être l'esprit. Suis-je capable de ne voir que le meilleur chez cet homme ? En ai-je la force ?

Oui, j'ai enfin compris que Picasso est son art, que c'est par ses œuvres qu'il m'est le plus proche. J'adore sa créativité, sa force, la ferveur avec laquelle il crée, et pas seulement lui comme personne physique.

Mon appartement ressemble à un musée. Je suis entourée de ses œuvres, des tableaux accrochés aux araignées qu'il a dessinées sur les murs, et aux babioles qu'il a, pendant nos déjeuners, bricolées à partir de capsules, de bouts de papier, d'allumettes et de fil de fer. Il est partout autour de moi. Je peux continuer à l'aimer. Ce n'est pas un musée de souvenirs, mais l'authentique lieu du génie. Car son génie est dans son œuvre. Et donc, être avec ses peintures, la meilleure partie de son être, signifie en réalité être avec lui ! Je ne suis plus avec l'homme désagréable, mais je continue à jouir de sa compagnie. C'est une situation pour le moins paradoxale, je trouve : il m'aide lui-même à me remettre de lui ! Son art m'y aide.

Cela ne pourrait-il pas me suffire, de passer du temps avec lui par l'intermédiaire de son art ? Non, car je suis une invalide à qui on a pris les deux jambes, et j'ai besoin d'une canne capable de m'offrir de la sécurité. Les désespérés comme moi se raccrochent à une brindille, il faut leur pardonner. Oui, j'ai ma peinture, comme j'avais autrefois la photographie. Des personnes plus fortes que moi s'en satisferaient. Pour Picasso, sa création, c'est l'univers tout entier ! Mais ma peinture ne l'est pas pour moi. Que me reste-t-il ? Sauter d'un pont dans la Seine ? Me taper la tête contre les murs à l'asile ? Recevoir du courant électrique dans le cerveau à Sainte-Anne ?

* * *

Je me réveille en sueur, mais au matin, en général, je ne me souviens pas de mes rêves. Seul persiste un sentiment d'angoisse. Je manque d'air, ma vision est floue. À la minute où j'ouvre les yeux, tout autour de moi est comme dans un brouillard. Je ne suis pas certaine d'être bien réveillée.

Récemment, j'ai rêvé qu'une femme en habit de bonne sœur s'approchait de moi et me tendait la main, comme si elle voulait me toucher. Ou m'emmener quelque part. Je regarde sa main ornée d'une alliance et je me demande comment se fait-il qu'une nonne porte un anneau. Qui est son mari, ne s'est-elle pas consacrée à Dieu ? La pièce est sombre, je ne vois pas bien son visage. Quand je finis par l'entrevoir, l'espace d'un instant, je m'aperçois que c'est Julie. Elle a le visage souriant, comme je l'ai rarement vu dans la réalité. Julie ne dit rien, mais je vois qu'elle est heureuse. Je lui tends la main, mais je n'arrive pas à l'atteindre.

Ces derniers temps, je me demande s'il y a une raison pour que Julie apparaisse dans mes rêves. Je commence à croire qu'elle veut peut-être m'aider. Elle m'oriente vers quelque chose qui l'a aidée, elle. Mais au lieu que son bonheur me console, je ressens quelque chose de tout à fait différent… de l'envie. Et quand je me suis réveillée, je continuais à ressentir de l'envie. Ce n'est pas un sentiment neuf par rapport à Maman. Parfois, quand je la surprenais agenouillée au pied de son lit, les mains jointes et les yeux fermés, j'éprouvais la même chose. Comme son monde était simple. En remettant sa vie aux mains de quelqu'un d'autre, elle s'était débarrassée du fardeau de la responsabilité. Ce n'était plus à elle de réfléchir, de prendre des décisions, de gérer sa vie, à condition de ne pas remettre en question l'autorité à laquelle elle s'était soumise. Comme il doit être beau de croire en Dieu, me disais-je parfois. Tu restes un enfant tant que tu ne doutes pas, car le doute tue Dieu. La foi doit être aveugle.

La seule chose en laquelle j'avais cru si aveuglément, c'était Picasso. Ce qui m'a poussée à me dire que, toutes les deux, nous n'étions peut-être pas si différentes que ce que j'avais cru, et voulu être, toute ma vie. Soudain, après ce rêve, tout était clair : tandis qu'elle priait Dieu, je priais Picasso. Avec la même assiduité, la même foi fervente. J'étais peut-être même encore plus pieuse que Julie.

Manifestement, moi aussi, j'ai ça en moi – je ne pense pas à la foi en Dieu, mais à un mode de comportement qui, vraisemblablement, ne s'hérite pas mais s'apprend. Toute ma vie, j'avais eu ce modèle de comportement sous les yeux, mais je m'étais imaginée avec arrogance que je m'étais émancipée de la pauvre Julie, si primitive. Mon problème, c'est que je n'avais pu accepter aucune religion, sachant que je devrais renoncer à moi. J'avais essayé. J'avais étudié le bouddhisme, l'ésotérisme, diverses formes de mysticisme – c'était la mode. Aujourd'hui, c'est comme si mes rêves sur Julie m'orientaient vers sa religiosité, et je ne pense pas tant à la croyance en Dieu qu'à la foi comme soutien psychologique. Avais-je cherché un tel soutien en Picasso sans en avoir conscience ?

Je me rappelle Max Jacob et sa religiosité. Quand nous lui avions une fois, pour le nouvel an, rendu visite à Saint-Benoît-sur-Loire, où il avait emménagé à proximité d'un monastère bénédictin, il nous avait dit que c'était de sa foi qu'il tirait la force de créer. À l'époque, j'avais pensé qu'il voulait en fait dire que l'art ne suffisait pas à remplir sa vie, ce qui m'avait étonnée. Comment était-il possible que certaines personnes ne se satisfassent pas d'être talentueuses ? Manifestement, Max, outre son talent, avait besoin d'autre chose de solide sur quoi s'appuyer. Il avait besoin de la foi.

Picasso ne supportait pas que je parle de religion. Ne leur avais-je pas une fois suggéré, à lui et Paul, de se convertir au catholicisme ? Je les avais même un jour, désespérée, suppliés de sauver leur âme. Ils m'avaient ri au nez. J'aurais dû m'y attendre, mais il m'était vraiment difficile de les regarder se vautrer dans leur propre suffisance. J'avais fait la seule chose qui m'était alors venue à l'esprit, je leur avais offert une autorité à laquelle se soumettre. Mais ces deux-là n'avaient pas besoin d'autorité. Quel affront pour ces hommes qui étaient des autorités pour les autres ! Ils s'étaient tous les deux cruellement moqués de moi. Je pense qu'ils interprétaient mon retour à Dieu comme une conséquence directe des électrochocs !

En réalité, même si je sais qu'il ne voudrait pas l'entendre, c'est précisément Picasso qui m'a rapprochée de la foi, par sa conviction qu'il y a en l'homme quelque chose d'inexplicable et d'intangible que nous appelons le talent, l'inspiration, un don de Dieu.

* * *

Si Dieu est le créateur, l'artiste n'est-il pas, d'une certaine manière, un dieu ? C'est par Picasso que j'ai appris qu'il n'y a qu'un tout petit pas entre être l'art et être tout ce qui existe, l'esprit. Ou Dieu, comme l'appellent les croyants. Dieu n'est-il pas de bonne compagnie quand tu n'as plus rien ni personne ? Quand ta vie se change en désert ? Même si, comme dans mon cas, tu ne fais que remplacer une foi par une autre, pour survivre.

J'avais posé cette question à Jacques lors de l'une de nos séances, mais il ne m'avait pas répondu, pas plus qu'à tout ce que je lui demandais. Son travail n'était pas de répondre à mes questions, mais de m'inciter à parler et à y répondre moi-même. Je savais qu'il me soutenait. Lui-même, il avait été au séminaire chez les Jésuites, et il aimait à dire qu'il était un « produit des bons prêtres » – il savait de quoi je parlais. Il ne s'interdisait pas d'utiliser la religion à des fins thérapeutiques. J'ai entendu dire qu'une fois, à quelqu'un qui l'interrogeait à mon sujet, il avait expliqué que dans mon cas, il s'agissait d'un choix entre la folie et la religion. Si elle n'avait pas choisi la religion, elle aurait fini à l'asile, aurait-il déclaré. Quelle dichotomie on ne peut plus simple ! De mon point de vue actuel, presque simpliste. Mais pas de son point de vue de spécialiste de toutes les formes de folie féminine : j'étais une femme, et j'étais folle.

Ce qui ne signifie pas qu'il ne m'ait pas aidée. Dans nos discussions, il m'orientait tendrement mais fermement dans cette direction. Après deux ans, nos séances se sont espacées, j'y tenais de moins en moins. Je sentais que nous avions omis certains thèmes, principalement au sujet de ma relation avec son ami et voisin Bataille. Même si, en venant chez lui rue de Lille, je devais passer devant l'immeuble où vivait Bataille, au numéro 3, j'évitais de lui parler de notre liaison. Surtout, je pense, à cause de Sylvia, car je ne savais pas ce qu'elle lui avait dit. Je n'avais pas envie que Jacques l'interroge parce qu'il aurait appris certains détails par moi. C'est plus tard que la pratique psychanalytique a instauré des limites à l'analyse des proches.

Ce triangle lui-moi-Bataille, ou même ce carré en comptant Sylvia, je commençais à le sentir comme trop proche, quasiment incestueux. Sans doute parce que alors déjà, je commençais à considérer les relations entre mes amis avec des yeux de croyante, du point de vue de la morale chrétienne. De fait, tous ces rapports étaient imbriqués, tous avaient été les amants de tous, d'anciennes relations de soumission se mêlaient à des amitiés et des inimitiés. Lacan était jaloux de Bataille, car il avait été le premier mari de Sylvia, et elle s'était mariée avec lui sous la pression de ses parents, car le mari de sa sœur Bianca, Théodore Fraenkel, était tombé amoureux d'elle. Simone Kahn, la sœur de la première épouse de Breton, était avec Raymond Queneau. Et la première femme de Paul Éluard, Gala, était devenue la compagne de Dalí. Ce n'était qu'une petite partie de ce réseau d'amis, si imbriqué et intriqué qu'on en restait prisonnier toute sa vie. Ce pourquoi je ne m'étais pas étonnée quand Paul, après la mort de Nusch, m'avait proposé le mariage. Ainsi, tout serait resté dans la famille. Mais je m'étais déjà éloignée de lui. Je n'avais pas oublié que, quand Nusch était encore en vie, il m'avait dit que s'il lui arrivait malheur, il n'y survivrait pas.

Je n'avais pas hésité une seconde à me décider. Paul continuait à être mon ami le plus cher, mon soutien, mais son offre était d'une certaine manière désespérée. C'était le genre d'homme qui avait besoin d'une bouée de sauvetage. Je n'étais même pas capable de tenir ce rôle pour moi-même. Je tombais en ruine et j'arrivais à grand-peine, avec l'aide de Jacques, à ramasser et recoller les morceaux. Un énième mariage dans le cadre de la « famille » n'aurait aidé aucun d'entre nous. Il n'avait pas mis longtemps avant de demander la main de Dominique Laure. Je ne lui en avais pas tenu rigueur, Paul était incapable de vivre seul.

Il y avait un autre problème qui était resté irrésolu entre Jacques Lacan et moi. Aujourd'hui encore, après tant d'années, je me demande pourquoi après mon effondrement, il ne m'a pas encouragée à poursuivre mon travail artistique, à continuer à peindre avec plus d'intensité, ou à me tourner à nouveau vers la photographie, et non vers Dieu. Je pressens qu'il avait jugé que j'étais trop faible pour vivre seule, sans le soutien d'un appui solide. Sans une paroi de verre par laquelle me surveillerait une autorité. Telle était sans doute la raison. Et peut-être avait-il présupposé que, si j'en avais la force, je referais surface de moi-même, et reviendrais à ce qui me faisait sentir le plus en sécurité – la photographie. Je n'ai pas eu la force de lui poser la question, car j'avais peur de la réponse.

Néanmoins, il avait peut-être vu ce que je ne comprenais pas aussi bien à l'époque qu'aujourd'hui : mon assurance avait été ébranlée jusque dans ses fondations. Une identité fragile composée de l'enfant, de l'artiste, de la *francesa*, de l'amante française, de la femme aux origines croates et au passé argentin, de la gauchiste et de la poseuse, de la femme qui pense et de la femme qui s'abandonne aux sentiments, de la perdante, de la folle au chapeau… Tout ça ne pouvait plus tenir ensemble sans risquer de s'éparpiller complètement sans barreaux, sans cage, la même que celle où Picasso m'avait enfermée sur l'un de ses tableaux.

Et pour finir, pourquoi, alors que j'allais encore en thérapie chez lui, ne m'avait-il pas prise au sérieux comme artiste et n'avait-il pas observé avec attention mes photographies ? Sans doute que lui non plus, il n'arrivait pas à sortir du cadre donné, qui mettait au premier plan le fait que j'étais une femme. Mon problème, c'est que je désirais en même temps être particulière, à savoir particulièrement attirante, une femme singulière et mystérieuse comme une *francesa*, mais également une artiste affranchie du regard des hommes. Il avait manifestement estimé que je n'en avais pas la force. Mais je pense qu'en regardant mes photos, il en aurait appris plus sur moi. Je ne crois pas que m'écouter était suffisant, même si, je l'avoue, je juge d'après mon propre fonctionnement. Même à moi, les mots ne suffisent pas. Après tant d'années, je reviens à mes photographies pour tenter de les déchiffrer. Autrefois, quand je les ai prises, j'ai « juste » photographié, sans avoir conscience de ce que ces clichés représentaient en réalité. Ils sont nés d'un subconscient que je ne voulais même pas effleurer. Mes photographies érotiques de l'époque représentent une transgression vers le caché, le sombre, le pervers. C'est Bataille qui l'avait le mieux compris : il faisait la même chose dans ses textes. C'est précisément cette compréhension de mes photographies qui l'avait attiré : il était plus lucide sur mon art que moi. En moi, en Dora, c'est la trace de mes photos qu'il cherchait, la part de moi qui les avait prises. Il avait vite conclu que je ne pouvais être vraiment transgressive que dans mon art, pas dans ma vie. Pourtant, il savait – et je le sais aussi, aujourd'hui – qu'il existait tout de même en moi une part d'où venaient ces images étranges et dérangeantes.

J'observe ma photographie *Jeux interdits* de 1935, et j'y vois tout, toute ma vie, mes parents, mes amants, moi en train de les regarder. Je vois mon voyeurisme, qui a attiré Bataille comme Picasso. S'il s'y était arrêté, Lacan (je remarque que je n'ai écrit que le nom de famille, Jacques s'est évaporé !) aurait pu y voir cet œil au sujet duquel il a, par la suite, tant glosé dans ses séminaires. Cette photographie, ou plutôt ce photomontage, représente une sorte de bureau très semblable à celui de mon père à Buenos Aires. Au premier plan, un homme courbé en costume formel, une femme à moitié nue sur le dos. On pourrait s'attendre à ce que cette femme qui le chevauche dans un jeu sexuel soit d'une beauté provocante. Or cette femme n'est pas particulièrement belle, elle est même tout à fait ordinaire, si bien que dès le premier regard, son visage chaussé de lunettes jure avec sa nudité. Comme s'il s'agissait d'une institutrice sévère, de celles qui portent des chemisiers boutonnés jusqu'au col et qu'il est difficile de s'imaginer seins nus. Le bureau bourgeois, le costume, le visage strict de la femme nue – quel est l'œil qui regarde cette scène ? Dans le coin, sous la table, se cache un petit garçon, qui contemple un spectacle qui lui est interdit, car il appartient au monde des adultes. Si ce n'était pour son regard dissimulé, un regard de voyeur, le photomontage pourrait être une représentation satirique de la bienséance petite-bourgeoise et de ce qui se cache derrière. Mais le regard du petit garçon dérange le spectateur, car il change la perspective. Manifestement, les adultes ne sont pas conscients qu'un enfant les observe.

Entre le petit garçon et les adultes absorbés par leur jeu, il y a une cloison de verre, invisible sur la photographie, mais tout à fait visible pour moi, alors comme aujourd'hui. L'institutrice stricte pourrait être Maman. Maman aussi est une *francesa,* mais cet enfant – la petite Dora – ne doit à aucun prix l'apprendre trop tôt.

Car quand elle l'apprendra, elle comprendra que c'est son unique chance de régner sur les hommes. Le petit garçon non plus ne devrait pas regarder cette scène destinée aux adultes, car derrière les apparences d'une vie petite-bourgeoise bien rangée, il découvrirait le monde subversif de l'érotisme et son pouvoir[13].

* * *

J'ai rencontré James Lord pour la première fois à la libération de Paris. Le jeune et grand soldat américain avait quelque chose de puéril. Ou peut-être serait-il plus exact de dire que c'était la naïveté américaine ? Il était, par exemple, suffisamment insolent pour faire irruption dans l'atelier de Picasso, prétendant être un blessé de guerre, et demander à Picasso de faire son portrait ! Et, bien entendu, précisément pour cette raison, Picasso avait accepté. Je me souviens, nous étions au restaurant, James avait apporté du papier et un crayon. Picasso avait croqué son portrait en trois minutes. Mais le plus drôle ensuite, c'est que le jeune James Lord n'était pas satisfait du gribouillis que le célèbre artiste avait esquissé en quelques traits. Que dire ?

13. Cet endroit du manuscrit est lui aussi suivi d'un long blanc, comme si Dora avait voulu ainsi indiquer que le texte qui suit est un nouveau chapitre, mais ce n'est, bien entendu, qu'une supposition. (Note de l'autrice.)

Il aurait pu vendre le dessin à l'instant à un collectionneur pour je ne sais combien de milliers de francs. Mais non ! Le jeune homme voulait un vrai portrait en souvenir. Comme si Picasso était l'un de ces portraitistes de la butte Montmartre qui vous font cela pour quelques sous. James Lord avait grossièrement déclaré qu'il voulait un autre portrait, mais meilleur. Picasso s'était amusé de ce comportement, il avait toujours adoré les originaux – et il le lui avait dessiné. James était fasciné par Picasso, surtout par sa personnalité, et pas tant par sa peinture, qui était sans doute trop abstraite à son goût. Oui, il était ébloui par le succès du peintre, ce qui était prévisible, car James était américain, à l'époque déjà, on tenait le succès en haute estime aux États-Unis. James n'était pas particulièrement éduqué, il ne venait pas d'un milieu cultivé, mais il s'intéressait au monde de l'art, à Paris, à l'Europe... Peut-être parce que en ces années-là, à Paris, il n'avait pas besoin de cacher son homosexualité comme s'il s'était agi d'une maladie.

Il avait été un personnage tout à fait secondaire dans nos vies, jusqu'à ce qu'il refasse surface en sonnant à ma porte. James cherchait une manière de se rapprocher de Picasso. Il s'intéressait à tout ce qui aurait pu créer un lien avec lui, les histoires à son sujet, les gens qu'il connaissait. J'en faisais partie, pas tant comme Dora Maar, photographe et peintre, que comme Dora Maar, son ancienne maîtresse. Quelqu'un qui avait touché son idole, que son idole avait possédé. Mon rôle, donc, était d'être un pont entre lui et Picasso.

James est finalement devenu l'une des rares personnes que j'ai continué à fréquenter un certain temps après avoir cessé de voir Picasso. Nous sortions souvent dîner ou dans des expositions, au cinéma, au théâtre, chez mes amis, avant que je ne décide de me retirer totalement de la vie publique et de fermer ma porte à tous, James y compris. Cet exil intérieur signifiait pour moi réduire ma vie au minimum, à l'essentiel. Comme quand tu as trop chaud et que tu retires tes vêtements, un par un, couche par couche, je me suis débarrassée de mes vieilles habitudes, de mes relations mondaines, des gens superflus.

J'ignore à quel moment mon personnage public de martyre mystérieuse, d'amante abandonnée et de peintre non reconnue est devenu trop pesant. Était-ce quand j'ai compris qu'aux yeux des galeristes, je n'étais toujours que la maîtresse de Picasso, et qu'ils ne pouvaient m'envisager comme une artiste sérieuse ? Ou me suis-je lassée que, dans les fêtes, des inconnus m'abordent avec la question : Et qu'est-ce que vous faites aujourd'hui ? – comme si ma vie avec Picasso avait été un emploi. Comme personnage public, j'étais réduite à mon ancienne vie. Personne, à part le cercle étroit de mes amis, comme Lise et Marie-Laure, ne s'intéressait à mon présent. Pas même James, même si son rapport à moi avait évolué, et qu'il m'était très attaché. Pour lui, je pense, j'avais été au début froide et inaccessible, et il ne partageait pas mon sens de l'ironie. Malgré tout, je le fascinais, il était peut-être même tombé un peu amoureux, comme un étudiant est parfois attiré par sa professeure. Je savais que James était homosexuel, j'avais même rencontré son ami parisien, Bernard. Mais il était jeune, cela l'amusait de sortir avec moi de temps en temps. Peut-être parce que nos conversations portaient quasi exclusivement sur Picasso.

Une obsession – il n'y a pas d'autre mot. Il était rongé par une curiosité que je qualifierais de maladive, et moi, j'éprouvais encore de l'amertume. Au cours de nos longs dîners ensemble, avec un verre de vin, nous pouvions partager notre passion coupable.

* * *

Une fois, nous avons pris sa voiture pour nous rendre en Provence, dans la maison que Picasso m'avait offerte en 1945, en guise de cadeau d'adieu. Elle ne signifiait rien pour lui, il l'avait reçue d'une connaissance en échange d'un tableau. La maison de Ménerbes était grande, magnifiquement située au sommet d'une colline, avec vue sur la vallée et les vignobles. Mais en mauvais état, et pas du tout aménagée. Je l'avais invité car il avait une automobile, et qu'à cette époque, je supportais mal la solitude. Je n'étais pas complètement consciente que si je l'emmenais avec moi, c'est parce qu'il était la seule personne avec qui je pouvais, encore et toujours, labourer mon passé récent. J'avais besoin que quelqu'un m'écoute, surtout que j'avais depuis déjà longtemps arrêté ma thérapie avec Jacques.

La maison l'avait déçu, cela se voyait sur son visage. Bien que dotée d'un mur d'enceinte et d'une porte imposante, du dehors déjà, elle avait l'air délabré, quoique romantique. Il s'était sans doute imaginé que l'attendaient à l'intérieur de vieux fauteuils confortables, un feu qui crépitait dans l'âtre, des tapis épais, des tableaux et une tasse de thé bien chaud. Mais nous avions été accueillis par le froid, les scorpions, les courants d'air et des pièces vides et à l'abandon. Je m'y étais déjà habituée. Je ne remarquais même plus à quel point cette maison était spartiate. Sans chauffage, avec un mobilier presque ascétique dans les quelques pièces utilisables, elle lui avait certainement procuré une impression d'inconfort. Mais il n'avait pas protesté, pour ne pas avoir l'air douillet. Je suis une mauvaise maîtresse de maison, mais il avait tout de même eu son thé chaud, et je savais cuisiner quelques plats provençaux simples.

Je savais que les voisins allaient jaser, il n'était encore jamais arrivé que je vienne dans cette maison avec un homme, et jeune par-dessus le marché. Cela ne m'inquiétait pas. Ce qui m'inquiétait, c'était ma réaction à James.

J'en avais pris conscience de manière tout à fait inattendue, le soir du premier jour, quand était venue l'heure d'aller dormir. Ma chambre était à droite, et la sienne à gauche des escaliers. Nous nous étions arrêtés dans le couloir. Le moment de flottement n'avait duré qu'un instant, comme si nous attendions tous les deux que l'autre fasse le premier pas. Puis, James s'était penché, m'avait rapidement embrassée sur la joue et m'avait souhaité bonne nuit.

J'étais entrée dans ma chambre et m'étais jetée sur le lit, ébahie par mon comportement, par le fait que je m'étais immobilisée comme si j'attendais quelque chose de James. Qu'avais-je attendu ? Qu'il m'invite dans sa chambre. J'avais rageusement effacé son baiser sur la couverture. Mes joues étaient trempées de larmes. Comment était-ce possible ? Voulais-je être avec James, de quinze ans mon cadet, et homosexuel en plus ? Même si je ne considérais pas James comme un homme sexuellement attirant ? Et si jamais il m'avait trouvée désirable, je n'avais pas fait le moindre geste qu'il aurait pu interpréter comme une invitation.

Pourtant, quelque chose s'était passé entre nous ce soir-là. La simple proximité physique de nos corps, le fait d'avoir un homme à mes côtés, avaient suffi pour que je m'arrête devant la porte de la chambre. Si j'avais juste tendu la main pour le toucher, s'il m'avait juste enlacée, je ne sais pas si j'aurais eu la force de résister. Car en cet instant, j'avais très bien reconnu en moi un désir depuis longtemps réprimé, le désir de l'étreinte d'un homme. Plus de dix ans s'étaient écoulés depuis que j'avais pour la dernière fois couché avec Picasso et cette sensation oubliée était soudain revenue, dans une situation radicalement différente. Je pense que j'ai été choquée de constater que je ne contrôlais pas complètement mon corps, et que mon corps réagissait ainsi aux hommes, comme s'il était doué d'une volonté indépendante que j'avais négligée toutes ces années. Au point que j'avais failli croire qu'il n'avait pas d'autres désirs que les plus basiques. En voie de devenir une bonne catholique, je croyais déjà que le sexe n'était pas un besoin, mais une tentation. Combien de fois avais-je discuté avec le père Jean, mais jamais des tentations de la chair. Je parle de tentations, même s'il me semble que ma vie – et la scène avec James le confirmait – ne me rend pas digne de m'exprimer en termes religieux.

J'avais presque quarante-sept ans ce printemps-là, quand mon corps est devenu mon ennemi. Non parce que j'avais, avec les années, pris du poids et deux rides d'expression très marquées, mais parce qu'il m'avait trahie dans mon intention de réprimer le désir en moi. Ma fierté était encore plus blessée par le fait que James ne m'avait provoquée en rien. Et pourtant, je l'avais désiré. Il avait fait remonter en moi quelque chose que je croyais évanoui depuis longtemps.

J'avais passé la nuit dans une sorte de fièvre. J'avais cru que, quand il n'y avait pas d'objet du désir, ce dernier disparaissait de lui-même. James m'en avait involontairement détrompée. Maintenant, c'était à moi de faire quelque chose de cette prise de conscience. Comment dompter mon corps ? Le désir inconscient était-il autant un péché que le conscient ?

* * *

Je n'ai pas trouvé de réponse. Peut-être ne l'avais-je pas cherchée avec assez d'obstination, car la situation s'est bientôt reproduite. De fait, nous nous sommes à nouveau retrouvés sous le même toit, dans le palais de Castille, chez les Cooper. Rompue de fatigue, cet après-midi-là, je somnolais sur mon lit. La porte était sans doute restée entrouverte, car James était entré dans la chambre et s'était étendu à côté de moi, sans un mot. Il s'était allongé, convaincu que je dormais. Puis il avait pris ma main, l'avait posée sur sa poitrine, et recouverte de sa paume. En cet instant, son comportement m'avait semblé si spontané qu'il aurait été absurde de lui donner une leçon de bienséance, ce que je n'aurais pas manqué de faire sinon. J'avais fait semblant d'être toujours endormie. Son cœur battait vite, la peau de sa paume était douce, comme celle de sa joue. Je sentais la chaleur de son corps. Les yeux fermés, j'écoutais sa respiration, j'inspirais son odeur. James sentait l'homme jeune, un parfum frais et enivrant. Je reconnaissais la fragrance douçâtre de sueur, de tabac, de talc et de savon à la lavande. La dernière fois qu'un homme s'était allongé à mes côtés, il avait une odeur tout à fait différente – de vieux. Picasso n'était pas négligé, mais à cause de ses problèmes gastriques, son corps avait déjà pris ces relents aigres qu'aucun savon ne peut laver.

Nous n'avions jamais été si proches. Dora, j'adore ta voix, tes yeux, tes mains – disait-il souvent. Mais ses mots ne parvenaient jamais jusqu'à moi, c'étaient les mots d'un gamin, peut-être même d'un petit garçon amoureux qui n'était pas sûr lui-même d'être ou non un gamin. En général, je lui caressais la joue, ou lui passais les doigts dans les cheveux. Parfois, il m'enlaçait amicalement, comme pour me consoler de quelque chose. Je me souviens qu'une fois, en voiture, j'avais posé la main sur sa cuisse, avant de la retirer prestement, stupéfaite par l'intimité de mon geste. J'étais restée couchée les yeux fermés, sans oser faire un geste. Comme si je venais enfin, en cet instant, de comprendre, par mes sens et non intellectuellement, que James était un homme grand et bien bâti aux cheveux clairs. Mon corps me brûlait à tous les endroits en contact avec lui. Sa proximité était comme une torture qu'aurait imaginée Bataille en personne. J'avais passé la main sur sa cuisse, très lentement. J'avais envie d'attirer à moi cette peau tendue et ces muscles puissants. En cet instant, il m'était tout à fait égal que ça soit James ou un jeune homme inconnu. J'étais attirée par l'odeur, j'étais attirée par ce jeune corps masculin à côté de moi.

Mais James n'avait pas osé faire ce que n'importe quel autre homme dans sa situation aurait ne serait-ce que tenté. Il s'était mis à parler et ainsi, sans le savoir, avait franchi la frontière entre le corps que je désirais et la personne qui ne m'intéressait pas.

* * *

Nous avons ensemble rendu visite à Lacan et Sylvia, dans leur maison avec un grand jardin, à Guitrancourt. J'avais envie de revoir ma vieille amie Sylvia. Je ne sais pas pourquoi j'avais emmené James avec moi, peut-être pour qu'il rencontre mon ancien médecin, un homme aux goûts excentriques, à l'allure et au comportement singuliers. De fait, comme s'il voulait confirmer ma description, Jacques nous avait accueillis en chaussures jaunes et gilet bariolé, qui lui donnaient l'air d'un perroquet. Nous ne nous étions pas vus depuis longtemps, mais notre rencontre ne fut pas chaleureuse. Au déjeuner, il lisait un livre en fumant, sans prêter attention à ses invités. James, comme les autres convives, avait été stupéfait par le décalage entre l'allure de dandy provincial de Lacan et sa profession. Jacques était conscient de l'effet qu'il faisait, et il lui arrivait de plaisanter sur son compte. Étant donné que je suis une sorte de confesseur, les gens s'attendent sans doute à ce que je m'habille comme un prêtre – disait-il. Ce n'était pas si éloigné de la vérité, étant donné qu'il avait passé sa jeunesse au séminaire catholique.

Après le déjeuner, pendant lequel il nous avait ignorés, Jacques, souhaitant se rattraper, nous avait invités dans son étude. J'en pressentais la raison. Ce n'était pas la première fois que j'assistais à cette cérémonie, consistant à choquer des visiteurs qui ne se doutaient de rien et étaient honorés par l'invitation. Sur l'un des murs est accroché un dessin érotique de son beau-frère André Masson. Mais ce dessin ne sert à Lacan que de paravent – bien qu'avec le même motif ! – derrière lequel se cache autre chose. Au sens propre, car quand il fait coulisser le dessin vers la gauche, sous les yeux ébahis du spectateur apparaît le tableau *L'Origine du monde*, de Gustave Courbet.

Tout en faisant glisser le dessin, il anticipe la réaction du public. Je vois une étincelle briller dans ses yeux. Il me fait penser à un petit garçon qui cache sous son manuel un magazine pornographique et qui, quand l'instituteur s'éloigne, le sort avec volupté pour le montrer au camarade assis à côté de lui. Jacques montrait-il cette peinture à ses visiteurs masculins dans un but précis – les fasciner, peut-être les exciter ? Ou n'était-ce qu'une forme de démonstration de pouvoir, car il était scandaleux en soi de posséder ce tableau provocant qui avait disparu, et qui insultait prétendument la morale publique, grâce à quoi il était à présent un symbole de statut social ? Je savais qu'il l'avait acheté récemment lors d'une vente aux enchères[14], pour une somme conséquente. Cette récente acquisition était la raison principale pour laquelle il aimait tant à l'exhiber, à mon avis. Jacques ne parlait jamais des raisons, pas plus qu'il ne commentait la peinture devant nous, mais il observait les réactions avec beaucoup d'attention. James avait été suffisamment surpris pour le montrer, ce qui avait flatté sa vanité de propriétaire. Son but atteint, il avait refermé sa boîte magique et s'était retiré. Au mur se trouvait à nouveau le dessin de Masson.

Sur le chemin du retour, James et moi étions restés silencieux. Le tableau lui avait fait forte impression, mais, me disais-je, de manière différente qu'à moi. En vérité,

14. Lacan a acheté le tableau de Courbet en 1955, une donnée importante pour la datation du manuscrit. (Note de l'autrice.)

c'était la première fois que mes pensées s'attardaient sur cette peinture, dont j'avais déjà assisté une fois à l'exhibition spectaculaire. Peut-être parce que cette fois-ci, sous le coup de mon nouveau rapport à James, j'étais consciente de ma féminité. Courbet avait peint *L'Origine du monde* pour un public masculin. Il avait, de fait, peint le sexe féminin comme le voient les hommes, car les femmes, à la différence des hommes, ne voient pas leur propre sexe. Ce que nous ne voyons pas n'a pas le même effet sur nous que sur celui qui le voit. C'est paradoxal, mais le regard de Courbet sur le sexe féminin nous est étranger, ce pourquoi les femmes devraient réagir à ce tableau de manière plus dramatique que les hommes.

Bien entendu qu'il y a sur cette peinture un point de vue féminin et un masculin. Mais que voient les hommes sur ce tableau ? Un sexe exposé qui, si l'on s'en éloigne un peu, ressemble à un petit animal à la fourrure noire, confortablement blotti entre des jambes de femme. De près, c'est un buisson poilu à l'air négligé, peut-être même repoussant. L'œil masculin y voit une entrée, qui est en même temps une sortie – le corps féminin où l'homme entre est aussi celui qui l'a mis au monde. Et ce regard, ou plutôt cette prise de conscience, le choque davantage qu'il ne l'excite. Mais le plus important, le vide dont il est issu, l'endroit où il pourrait se perdre, qui pourrait l'engloutir, où se cache le plaisir – le lieu sombre et secret du désir et de la peur – demeure invisible.

Un homme voit sur le tableau de Courbet ce qu'il a déjà eu l'occasion de voir plusieurs fois dans sa vie. La surprise ne réside pas dans la découverte d'une vision inconnue. Et je ne dirais pas non plus qu'elle réside dans l'érotisme. Malgré les accusations d'attentat à la morale publique, le tableau de Courbet, à cause de la manière dont il est peint, n'est pas en premier lieu érotique, surtout pas presque cent ans après sa création. Et c'est précisément pour cela qu'il oriente le public vers sa signification. Le spectateur comprend soudain que le titre *L'Origine du monde* n'est ni naïf ni ironique. Il est difficile, devant cette peinture, de ne pas penser au pouvoir de la femme, au fait que ce corps leur donne le plaisir et la vie, que la femme est à la fois leur amante et leur mère, que c'est grâce à ce corps qu'ils existent. Cette prise de conscience doit, d'une certaine manière, avoir un effet terrifiant. Même si l'interprétation de Jacques est tout à fait différente. Selon lui, il ne s'agit pas du tout de l'organe sexuel féminin, mais de sa signification symbolique, précisément parce qu'il devient visible. Selon lui, quelque chose qui ne se voit pas, quelque chose de caché, ne peut avoir de signification symbolique. Ce pourquoi l'organe sexuel féminin a un caractère d'absence, de vide, de trou.

Si j'étais un homme, en regardant *L'Origine du monde*, je me dirais : soumettre, conquérir, contrôler. Et soudain, je vois ce tableau depuis la position du Minotaure, qui écarte de force les jambes de la femme pour voir entre ses cuisses cette même chose. Courbet a peint *L'Origine du monde.* Picasso a peint *Dora et le Minotaure.* Les deux peintures parlent de la même chose de manière différente. Courbet expose la femme de manière à nous orienter vers son pouvoir secret. Picasso dessine la peur primordiale de la femme que l'homme ressent devant le tableau de Courbet. Son Minotaure réagit à la peur par la violence. Ce n'est qu'en regardant l'œuvre de Courbet que j'ai compris pourquoi il en était ainsi.

* * *

La femme est privée de regard sur son propre sexe. Je ne vois pas mon *Origine du monde.* Je peux, bien entendu, regarder une autre femme, mais ce n'est pas la même chose. Elle ne m'intéresse pas, car elle n'est qu'une copie de moi. Nous sommes toutes les deux habituées à être regardées. Mon œil non seulement voit ce tableau de manière différente, mais il n'a pas besoin de regarder une image de soi, de voir la source qui est en moi. Ce qui m'effraie, c'est autre chose : la femme au corps de tortue, à la carapace rigide, dont elle est prisonnière. Son corps est la seule chose dont elle dispose, et il ne lui est permis d'être créative qu'en donnant naissance à des bébés tortues ou des fœtus de tatous. Car si les hommes la reconnaissaient comme une artiste à part entière, elle serait doublement créative.

Je me suis changée en œil en croyant que j'allais ainsi éviter qu'on me regarde, mais malgré tout, je n'ai pas échappé au « regard de Courbet ». Il est arrivé ce que je craignais, ce dont ils me menaçaient. La vérité, contrairement à ce que dit Picasso, ce n'est pas qu'une femme n'est pas une femme si elle n'est pas une mère. Non, une femme n'est pas une femme si elle n'est pas une *francesa.* L'œil des hommes est toujours sur toi, il te suit d'un certain regard. Peu importent tes tentatives de sortir de ce rôle par l'art ou la littérature, il t'emprisonne dans un corps. Tant qu'un tel regard te suit, tu n'es rien d'autre qu'une *francesa.* Même quand tu le comprends, quand tu mérites le respect pour ton travail, quand tu t'efforces d'échapper aux préjugés qui te réduisent à « l'origine du monde ». Ce n'est que quand elle vieillit qu'une femme devient invisible, car elle n'est plus une femme.

* * *

J'ai remarqué que ma fréquentation de James m'avait changée. Je suis devenue bien plus consciente de mon corps, de mes minauderies, de ma danse inconsciente à la limite de la provocation sexuelle. J'ai constaté que mon corps était encore important, je ne me suis pas complètement consacrée aux prières et à Dieu. Comme auparavant, je ne m'étais pas non plus complètement consacrée à l'art. Je suis encore écartelée entre l'abstinence et le désir. Je sens que Dora la séductrice est encore vivante en moi. Si je t'aimais – dis-je à James – tout serait différent. Mais je ne t'aime pas. Il accepte mon explication, peut-être parce qu'elle lui ouvre une porte de sortie à la situation dans laquelle il s'est retrouvé coincé avec moi. Mais je sais que cette excuse est bien mince, car Bataille non plus, je ne l'aimais pas. Je n'ai aimé (j'utilise ce mot tout en sachant qu'il est tout à fait inadapté à mes sentiments, car il n'est pas suffisamment fort, lourd, dramatique, mais en quelque sorte générique et d'un universalisme répugnant) personne avant Picasso, ce qui ne m'a pas empêchée d'être avec des hommes, au contraire, d'avoir des liaisons sans barrières morales. Je me dois d'être honnête, ne serait-ce qu'envers moi-même. Ce qui s'est dressé entre James et moi, ce n'est pas son homosexualité, j'avais déjà été avec des hommes comme lui, mais, à nouveau, Picasso. Il m'avait laissé un goût de défaite. Il m'avait brisée comme artiste, puis rejetée comme modèle et amante. La *francesa* en moi sait que Picasso l'a quittée pour une plus jeune. Face à cette peur du rejet, toute ma sophistication, mon éducation, mon talent, mon succès, mon indépendance, mon aplomb, tout s'efface. Si je le pouvais, je lui avouerais : James, je ne suis pas sûre de moi, car je suis trop vaniteuse. La femme manque toujours de confiance dans son allure, dans sa féminité, même la plus belle et la plus désirée d'entre elles. La culture dans laquelle nous vivons entretient cette insécurité. En tant qu'homosexuel, tu devrais être le premier à comprendre cela, car tu es dans la même position – toi aussi, ton identité dépend de la définition de l'autre et de ton rapport à l'autre. Je suis défaite, encore fragile, et plus vieille. Je ne peux plus prendre ce risque. Je me sentirais exactement pareille s'il s'agissait d'un autre homme, qu'il soit plus jeune ou plus vieux.

Je suis consciente que ma confiance en moi s'éteint, en tant qu'artiste et en tant que femme. Mais pas à cause de James. Il est un personnage trop effacé dans ma vie, je lui ai attribué le rôle secondaire d'accompagnateur et d'élève, d'adorateur, peut-être même de fils. Seul Picasso pourrait m'achever, lui seul possède cette forme de cruauté. Ce n'est qu'à lui que j'ai accordé un pouvoir si divin sur moi.

Pendant un certain temps, j'ai cru que je ne reviendrais pas à mes notes, que je n'en aurais pas la force. Mais mon opiniâtreté a vaincu ! Je suis fière de moi.

* * *

La dernière fois que j'ai vu Picasso, c'était chez les Cooper. Il y avait déjà cinq invités quand nous sommes arrivés. J'étais venue avec James, sans savoir qu'il serait lui aussi présent au dîner. Il s'était comporté très chaleureusement, comme s'il se réjouissait de me voir, mais cela ne l'avait pas empêché d'être sarcastique. Il avait demandé si James et moi étions mariés, même s'il savait que ce n'était pas le cas et que James était homosexuel, comme s'il voulait nous tourner en ridicule. Je savais que son sarcasme était dirigé contre moi, que c'était sa manière à lui, étrange et insultante, de me témoigner de l'intérêt. Mais non, mon cher, nous ne sommes que fiancés – avais-je répondu en minaudant, comme à l'époque où nous jouions à la jalousie. Nous ne nous étions pas vus depuis longtemps, mais quelqu'un d'extérieur aurait pu avoir l'impression que nous nous étions quittés la veille, et que nous ne faisions que reprendre une bonne vieille dispute de couple.

Son visage ressemblait à du cuir tanné, brûlé par le soleil, légèrement décharné. Les années avaient creusé ses rides. Françoise l'avait quitté, et il s'était plaint d'être sans femme depuis déjà trop longtemps. Je ne l'avais pas cru, je savais que c'était autre chose qui le rongeait, que ce qui lui manquait en réalité, c'était son aiguillon pour peindre. Le vampire en lui manquait-il de sang frais, de chair fraîche à sacrifier sur l'autel de l'art ?

Pourtant, j'étais tout excitée de le voir. Bien entendu, nous avions parlé espagnol, je l'avais laissé serrer mes mains entre les siennes, me caresser la joue, me regarder comme autrefois, comme si ce regard avait une signification secrète, compréhensible de nous seuls. Ne serait-ce qu'un instant, aux yeux des curieux qui appréciaient le spectacle. J'étais consciente qu'il s'agissait d'une représentation, mais pourtant je m'étais abandonnée à sa mise en scène avec la satisfaction d'une femme habituée à être le centre de l'attention.

Après huit ans de solitude, n'avais-je donc pas le moindre recul sur lui ? Je m'efforçais d'être sur mes gardes, une petite voix me murmurait de faire attention, d'être réservée : Tu le connais bien, Dora, fuis tant que tu es encore en vie ! En vain. Cette force que j'avais ressentie la première fois, et toutes les fois où nous avions été ensemble, m'attirait à nouveau vers lui. Dans chaque situation, dans chaque cercle, Picasso dominait, il devenait le point central autour duquel tout tournait. Cette soirée n'avait pas fait exception à la règle. Picasso n'est pas un homme qui est au centre, il est le centre, et chacune des personnes dans la pièce gravitait autour de lui. Il est des relations qu'il est tout simplement difficile de briser, tout en toi s'y refuse, et chaque nouvelle rencontre entretient l'espoir insensé que quelque chose va se passer et que vous allez à nouveau être ensemble, comme autrefois. J'étais éminemment consciente que Picasso voulait montrer aux convives qu'il régnait encore sur mes sentiments. Et malgré le masque d'indifférence et de calme que j'arrivais si bien à composer, j'étais troublée par sa proximité. Quand, à un moment, il m'avait appelée à l'écart – « je dois te dire quelque chose qui n'est pas pour les oreilles de tout le monde » – je m'étais levée, tremblante comme s'il m'abordait pour la première fois. Je l'avais laissé me passer le bras autour des épaules et m'entraîner vers un coin isolé de la pièce, sous le regard interdit et silencieux des autres.

Son bras était chaud et puissant, et comme autrefois, je l'avais suivi amoureusement et servilement, attendant une récompense. Il allait me dire qu'il m'aimait encore, qu'il n'avait jamais cessé de m'aimer. Il allait me jurer que les autres femmes ne signifiaient rien pour lui, que j'étais la seule à être digne d'un véritable amour, car nous étions tous les deux taillés dans le même bois. Ma Dora, me dirait-il, mon Adora chérie – comme j'avais souhaité l'entendre tant de fois jusqu'alors. Sauf que là, ses mots seraient bien réels.

Et à nouveau, j'avais glissé sur le parquet dans sa direction comme si je flottais, ivre d'espoir.

Soudain, Picasso s'était figé. Il avait desserré son étreinte et était retourné à table d'un pas rapide, sans un mot. Comme si toute cette manœuvre avait été un malentendu, comme s'il avait fait une erreur, enlacé une femme inconnue. Comme s'il avait été ivre et que, soudain dégrisé, il reprenait sa place à table. Ou comme s'il s'était agi de la répétition d'une pièce de théâtre, que le metteur en scène avait crié « Stop » et qu'il fallait reprendre la scène encore une fois, tandis que le public, stupéfait, regardait sans comprendre ce qui se passait.

Dans un silence pesant, j'avais entendu le grincement du parquet, la chaise qu'il tirait, puis le malaise. Suis-je restée longtemps tournée vers le mur couvert de ses œuvres ? Je me souviens m'être plongée dans la contemplation du bleu azur de l'épaisse couche de peinture au coin d'un des tableaux. J'ai remarqué que la tapisserie derrière n'était pas parfaitement collée. J'avais dû rassembler mes forces, me retourner et revenir à table seule, me rasseoir à ma place et reprendre la conversation comme si de rien n'était. Comme avant dans ce genre de situation.

Tu aurais dû savoir, tu aurais dû savoir, me reprochais-je en silence, m'enfonçant les ongles dans les paumes sous la nappe. Mes propres récriminations me brûlaient plus fort encore qu'avant. À quoi m'étais-je attendue ? J'aurais dû prévoir que c'était un piège, il était si prévisible. Ces dernières années, son comportement n'avait changé en rien. Je me sentais rougir, et cela me rendait folle. J'étais furieuse de constater que, même après tant de temps, je n'avais toujours pas la force de résister à ses manœuvres, qui ne servaient qu'à asseoir son pouvoir. Quand j'étais seule, j'étais si courageuse et intelligente ! Capable d'analyser et de prévoir le moindre de ses actes et de ses mots. Sa présence me rendait aveugle et sourde. Rien n'y faisait, ni la foi, ni la solitude, ni la discipline. Il avait voulu, manifestement, me le montrer. Il s'amusait avec moi comme avec un jouet, pour que tout le monde voie qu'il était plus fort que le Dieu que je venais de me trouver…

Fort heureusement, les autres avaient fait semblant de n'avoir rien vu, Douglas discutait avec Leymarie, et Buckle avec James. Picasso parlait de Balthus, comme s'il avait juste, en se levant, fait un tour aux toilettes pour soulager sa vessie. Balthus, vous allez vraiment rendre visite à cet énergumène qui aime les adolescentes ? Eh bien, allons-y nous aussi, joignons-nous à vous, qu'en penses-tu, Dora ? Sans défense, et n'ayant pas la force de dire quoi que ce soit, je m'étais tournée vers James. Qu'en dis-tu, toi ? Ce qui avait suscité chez Picasso un accès de rage. J'avais l'impudence de m'adresser à James devant lui, de remettre en question son pouvoir ? Il avait demandé à son fils et chauffeur Paulo de se lever, et ils avaient disparu dans la nuit. Le vieillard grossier et arrogant qui m'avait humiliée s'était comporté comme un petit garçon vexé, qui tape du pied parce qu'il ne peut pas avoir ce qu'il veut, m'étais-je dit amèrement quand la porte s'était refermée sur eux.

Et tout d'un coup, j'avais compris qu'il ne feignait pas la jalousie, qu'il ne s'agissait absolument pas de jalousie !

Un Picasso aurait-il vraiment pu être jaloux de mon « fiancé », l'homosexuel James ? Non, Picasso avait fait cette scène car il était en colère, parce qu'il voulait que je l'écoute, lui, et non un jeune homme sans intérêt. Il m'était clairement apparu qu'il était effrayé, ce vieillard vivait dans la peur de la mort. C'était pour cela qu'il ne supportait pas les jeunes hommes, car la comparaison était inévitable. Peu importe de qui il s'agissait, d'un visiteur comme James, ou même de ses propres enfants – il ne supportait à ses côtés que les jeunes femmes, car chacune d'entre elles était sa victime potentielle. Mais si la femme tombait par malheur malade, elle perdait ses faveurs. Je n'aime pas quand une femme est malade – avait-il lancé à la tête de Françoise, épuisée par son accouchement. Pour la même raison, il n'aimait pas les enfants. L'idée d'une vie nouvelle lui plaisait, mais pas les gosses qui traînent dans les pattes, réclament de l'attention, font du bruit. Les enfants le gênaient dans son travail. Les hommes, il ne les supportait que s'ils lui étaient complètement inféodés, s'il régnait sur eux. Et quand le pouvoir lui glissait entre les doigts, comme lors de ce petit incident, il était fou de rage.

Il avait toujours eu peur de la maladie et de la mort. Il détestait les enterrements, les hôpitaux, les convalescences, les discussions à ce sujet. Être malade – comme quand il avait une fois été cloué au lit quelques mois par une sciatique – était pour lui une source de colère sans limites. Il haïssait son moi malade, son corps malade, son impuissance. Pablo le malade qui empêchait Picasso le peintre de peindre. C'est alors qu'il avait peut-être pour la première fois pris conscience qu'il avait un corps et que c'était un instrument qui pouvait tomber en panne. Mais il l'avait bien vite oublié. Il s'était rendu aux obsèques de Vollard et de Max, et de mon cher Paul, son ami, qui l'aimait plus que n'importe quelle femme. Mais il n'était pas allé à l'enterrement de son père ni de sa mère. Pas plus que d'Olga, qui était tout de même, bien que sur la fin déjà complètement folle, son épouse devant la loi. Ni de Matisse, le seul peintre auquel il accordait son estime. Non, il ne supportait pas ce qui venait lui rappeler qu'il était lui aussi un être mortel, qu'en conséquence, sa création aussi était vouée à prendre fin. Il était hystériquement productif. Comme s'il voulait par son travail prendre le destin de vitesse. Même s'il ne l'aurait jamais reconnu, il sentait que la mort était tapie même en lui, Picasso.

Tout cela m'était revenu en mémoire quand la porte de la Castille avait claqué derrière lui. Comme si je pressentais quelque chose, je m'étais dit : et si c'était la dernière fois que je le voyais ? Même si, ces dernières années, je m'étais posé la même question à chacune de nos rencontres, cette fois-ci, cette idée avait suscité une véritable douleur.

* * *

Y a-t-il un remède à Picasso ? m'étais-je demandé après cette ultime rencontre. Non, pas tant que je me sens comme une droguée en manque.

Il y avait des millions de raisons pour que je comprenne enfin que je n'avais rien d'autre à attendre de lui, que je devais apprendre à garder mes distances. Sa cruauté n'épargnait personne. Quand Paulo avait été hospitalisé pour une embolie pulmonaire, et que les médecins doutaient qu'il survive, ils avaient envoyé à son père un télégramme pour qu'il vienne voir son fils, lui faire ses adieux. Picasso le savait, mais il ne lui avait pas rendu visite. Alors que Paulo était encore en convalescence, Olga était décédée à l'hôpital de Cannes. Mais Picasso était à ce moment-là en plein travail, il finissait un tableau, il ne lui serait pas venu à l'esprit de se rendre aux obsèques. Il avait laissé son fils malade faire toutes les démarches. Picasso était brutal et violent, il négligeait ses proches, ses enfants, ses amis. Une fois, il avait éteint sa cigarette sur la joue de Françoise moi, il m'avait giflée à plusieurs reprises... Pourtant, tous lui pardonnaient et restaient à ses côtés, à part Françoise qui avait trouvé la force de le quitter. Supporter la brutalité et les humiliations était le prix à payer pour ses faveurs. Lui, il ne souffrait pour personne. Il se mettait en rage, mais il ne souffrait pas vraiment, il en était incapable. Au début de sa relation avec Françoise, je lui avais dit : Tu n'as jamais aimé personne. Tu ne sais pas ce qu'aimer veut dire. J'aurais dû ajouter qu'aimer signifie être capable de souffrir à cause de l'autre.

Bien avant notre rencontre, Picasso avait peint *Baigneuse au bord de la mer*, un tableau dont le personnage me fait penser à une mante religieuse. Chaque femme porte en elle la pulsion de dévorer son mâle, disait-il. Cette peinture aurait dû m'en apprendre beaucoup sur son rapport aux femmes. Mais nous étions toutes aveuglées, nous ne comprenions pas qu'il était, d'une certaine manière, terrifié par les femmes et qu'il projetait parfois cette peur dans ses tableaux. Il affirmait être la victime des femmes. Et il l'était, dans la mesure où les femmes réclamaient son attention. Comme, d'ailleurs, les autres membres de son entourage. Il ne pouvait leur accorder un peu d'attention que tant qu'elles étaient son objet, son modèle. Dès que la relation se compliquait – ce qui arrivait presque immanquablement, dès que les femmes montraient leurs sentiments envers lui – elles représentaient une contrainte, une gêne, dont il fallait se débarrasser de toute urgence. « Il faudrait brûler son ex-femme », disait-il.

À quel point ai-je dû être aveugle pour ne pas voir tous les signes criants de sa cruauté ! Aujourd'hui, je dirais que c'était une combinaison d'aveuglement amoureux et d'ambition. Oui, j'étais prête à être avec Picasso quel qu'en soit le prix, même au risque de perdre ma propre personnalité.

De manière tout à fait inattendue, j'ai trouvé un soutien dans une personne que je connaissais à peine, avec qui je n'avais pas de points communs à part notre relation avec Picasso. Elle aurait presque pu être ma fille. Elle était si différente de moi que je n'aurais jamais cru que Françoise Gilot me donnerait certaines réponses si nécessaires, après l'avoir quitté. « J'ai enfin compris que ma vie avec Pablo était comme une maladie. Je savais que je devais me débarrasser de tout ce qui était malade en moi », j'avais lu sa déclaration dans un magazine à scandales, à l'époque où les journaux regorgeaient d'articles sur leur séparation. Il fut un temps où ma réaction naturelle aurait été la jalousie, mais en lisant cette phrase, j'avais ressenti de l'admiration. Elle l'appelait Pablo, contrairement à moi, qui considère aujourd'hui encore cela comme un blasphème. Mais après avoir trouvé la force de le quitter, son *Pablo* prenait une sonorité tout à fait différente, car il trahissait dans quelle mesure il avait pour moi été un dieu, et pour elle un homme comme les autres. Il s'était de plus avéré qu'il n'était que l'un de ses hommes ! La jeune Françoise avait dit exactement ce que je ressentais moi aussi, mais que j'avais peur de formuler : la vie avec Picasso était comme une maladie. Elle avait fait tout ce dont j'avais été incapable – elle avait identifié le problème, avait quitté Picasso, et avait décidé de se soigner avec l'aide d'un amant, Kostas Axelos. Mais lui aussi, elle l'avait vite quitté pour épouser un ami de son studio.

Picasso n'avait jamais vécu ça auparavant. Il se sentait vieux, il l'avait suppliée de revenir, il avait même pleuré. Cela avait certainement été difficile pour lui. Il était inimaginable que qui que ce soit le quitte, encore moins une femme, et même pas pour un autre homme – ce qu'il aurait compris plus facilement, même s'il ne l'aurait pas pardonné – car « personne ne quitte un homme comme moi », lui avait-il dit, comme si ce pouvait être une raison de ne pas partir.

Je serais peut-être revenue, m'étais-je dit en entendant cette histoire, dépendante comme je suis. Je lui aurais tout pardonné, pour une seule et unique de ses larmes. Je lui aurais même pardonné son comportement chez les Cooper, si seulement il ne m'avait pas laissée si seule, si seulement il n'avait pas tourné les talons et quitté la pièce. Je sentais encore la chaleur de son bras autour de mes épaules, son baiser sur ma joue. Mais je savais aussi parfaitement que ses remords et sa solitude ne duraient jamais plus d'un instant.

Françoise était différente. Plus courageuse. Et plus jeune. Et la jeunesse a ses avantages, l'un d'entre eux est la force de recommencer à zéro, l'autre, la foi en l'avenir. Depuis qu'elle l'avait quitté, cette jeune femme ne cessait de m'émerveiller. Soudain, je n'avais plus pitié d'elle, ce qui avait longtemps été ma défense. Je me souviens comme elle était venue avec lui ce jour-là, obéissante, soumise. Il la tenait par la main, il l'avait pratiquement traînée devant moi, comme si j'étais un juge doté du pouvoir de rendre un verdict sur leur relation. N'est-ce pas, Dora, qu'il n'y a plus rien entre nous ? Dis-lui, dis-lui, toi, elle ne veut pas me croire. J'avais vu que la jeune fille était gênée, elle détournait le regard. Grande et mince, de longs cheveux bruns, dans une petite robe en coton de prêt-à-porter qui lui donnait l'air encore plus jeune et ordinaire. L'espace d'un instant, j'avais cru avoir vraiment un pouvoir sur son destin.

Je me souviens, je m'étais demandé alors : que se passerait-il si je disais non, ce n'est pas fini. Est-ce que la jeune fille tournerait les talons et partirait ? Est-ce que Picasso baisserait la tête avec un soupir triste ? Il me fixait de ses yeux noirs, me regardant d'un air sévère, presque menaçant. Bien entendu, j'avais dû confirmer son mensonge stupide. Ma vengeance avait été pathétique. Je lui avais dit la vérité qu'il ne supportait pas : il ne savait pas aimer. Françoise m'avait entendue, mais alors, elle ne m'avait pas encore comprise. Comment l'aurait-elle pu ? Elle avait juste vingt ans quand elle l'avait rencontré. Elle ne pouvait pas deviner dans quoi elle s'était lancée, elle ne pouvait pas savoir ce que signifiait être avec cet homme. Elle pensait sans doute qu'être père changerait sa vie. D'Olga, qui lui avait donné son fils Paulo, ainsi que de Marie-Thérèse, qui lui avait donné sa fille Maya, elle aurait pu apprendre que ses véritables enfants, c'étaient ses tableaux.

Au début de leur relation, je considérais Françoise comme une rivale, même si, en réalité, nous ne l'avions jamais été, car dès les premières années de leur liaison, j'étais déjà réduite à une créature pathétique enfermée dans son appartement de la rue de Savoie à attendre un coup de téléphone de lui. Et bientôt, après les électrochocs, j'étais devenue une pauvre folle. Je savais qu'elle ressentait de la pitié pour moi – c'est Paul qui me l'avait dit. Ce pourquoi elle me répugnait, je n'ai besoin de la pitié de personne, pensais-je, manifestement à tort.

Je me suis identifiée à Françoise une fois qu'elle l'a quitté. Je l'imaginais acheter des billets de train et partir pour Paris, chercher un nouvel appartement, emmener ses enfants à l'école. Je l'imaginais faire l'amour avec le jeune et superbe Kostas. Oh, oui, je suis allée jusque-là. Cela m'aidait. L'idée que Picasso connaissait Axelos, qu'il savait à quel point il était beau et qu'il n'avait que trente ans, m'emplissait d'une satisfaction inattendue. En quittant Picasso, Françoise lui avait montré qu'il était vieux, et que peu importe ce qu'il croyait, il y avait une vie après lui. Elle avait échappé au tyran sadique et je l'enviais pour cela. Comme elle est égoïste et méchante, elle ne comprend pas le génie, la calomniaient ceux qui, la veille encore, se prétendaient ses amis. Les mêmes qui n'avaient pas trouvé un seul mot de consolation pour moi, même après mon séjour à l'asile. Ils savaient que c'était Picasso qui m'avait rendue folle, et pas seulement en paradant sous mes yeux avec une nouvelle muse plus jeune. Françoise s'était sentie utilisée, comme moi avant elle, comme Olga et Marie-Thérèse. J'avais le sentiment qu'en le quittant, elle m'avait vengée moi aussi.

* * *

Picasso ne pouvait pas se permettre un deuil trop long. Après quelques mois seulement, il s'était à nouveau jeté dans le travail et les femmes.

Combien de temps s'était-il écoulé ? Le vide laissé par Françoise avait très rapidement et officiellement été comblé par Jacqueline, une ex-vendeuse de vingt-sept ans dans la boutique de céramiques Madoura de Vallauris où ils s'étaient rencontrés. Divorcée, mère d'une petite fille. Cette soirée à la Castille où il s'était plaint d'être seul et sans femme, en réalité, il n'était ni seul ni sans femme. Certes, Françoise l'avait quitté, mais avant déjà, un Picasso de soixante-douze ans passait son temps à réaliser des objets en céramique avec l'aide de la petite vendeuse. Sans parler de la jeune poétesse Geneviève Laporte, qui était convaincue d'être le seul amour du grand maître. Jacqueline, qui parlait un peu espagnol et amusait ainsi Picasso, avait saisi l'occasion au vol et décidé fermement de s'asseoir sur le trône délaissé. La détermination de cette femme est fascinante. Peut-être grâce à sa simplicité justement, elle avait mieux que les autres compris les besoins de Picasso. Ce qu'il lui fallait, c'était une femme qui comblerait son désir de ne pas être seul et d'être servi. Il n'avait pas besoin pour cela d'une reine de beauté sophistiquée. Ou, comme le disait Inès, sa gouvernante de longue date : En ce qui me concerne, il n'y a que Picasso qui existe. Parfois, tu en prends pour ton grade, mais si tu veux être à ses côtés, il faut tout accepter.

Jacqueline, semblait-il, acceptait tout. Il s'était transformé en vieillard hargneux, de plus en plus exigeant. Elle s'était très vite retrouvée dans le rôle de la servante, mais, comme c'est le cas dans les comédies, et comme cela devait bientôt s'avérer, de la servante-maîtresse, dont Picasso dépendait de plus en plus. Elle l'avait isolé de ses amis et de ses enfants, elle lui garantissait la tranquillité – mais aussi la solitude, qui le rendait malheureux. Il était devenu de plus en plus tributaire de ses décisions. À la fin, il n'était plus le maître, il était lui aussi devenu un esclave.

Avec Jacqueline, il n'avait eu que ce qu'il méritait à son âge, une garde-malade de maison de retraite. Suis-je méchante de penser cela ? Je tiens toujours à Picasso, mais d'une manière différente. Je continue à l'admirer, mais je ne suis plus aussi attachée à lui qu'auparavant. Aujourd'hui, après tant d'années, je le ressens comme une blessure profonde mais ancienne, qui fait mal de temps en temps, en général quand il y a un changement de temps. Quand je parle de lui, avec James, j'en parle au passé. D'ailleurs, je ne m'intéresse plus à la vie des autres de la même manière qu'avant, comme à un reflet de moi-même et du pouvoir que j'ai sur eux.

* * *

Je peins, cela m'apaise, et ma confiance en moi en tant qu'artiste revient lentement. Pour ma confiance en moi en tant que femme, il est déjà trop tard. Maman ne m'a rien appris à ce sujet. Elle ne m'a pas confié que les années tuent la vanité comme le désir. Les femmes ne partagent pas ce secret. C'est un savoir consolateur, à présent que je viens d'avoir cinquante ans. Cependant, parfois, je me demande si c'est à cause de mon apparence que je m'isole des gens. Quand je me tiens aujourd'hui devant le miroir, je vois des kilos en trop, principalement autour de la taille. Je vois un visage qui a perdu sa fraîcheur. Et pire, je vois que la maladie me déforme la colonne vertébrale, que je me courbe de plus en plus vers l'avant, comme si je portais un poids trop lourd, mais invisible. Peut-être que c'est le cas. Peut-être qu'il ne s'agit pas d'une maladie physique, une conséquence des électrochocs ou de quelque chose d'autre, mais de ce poids en moi dont je n'arrive pas à me débarrasser. Même Jacques n'a pas pu m'aider à m'en délivrer totalement. Comme si je portais sur le dos cette autre moi, cette moi d'avant, transformée en un lourd fardeau qui me pousse vers le sol. Récemment, lors d'un entretien avec un prêtre du monastère de la rue de la Source, j'ai dit : J'ai vécu avec Picasso. Ces mots sont sortis de moi de manière tout à fait inattendue, comme si j'avais ouvert une cage dont les oiseaux prisonniers attendaient avec impatience de s'envoler ! Comme si mes mots s'échappaient de mes lèvres car doués d'une vie propre, indépendante de moi. Comment se fait-il que son simple nom puisse ébranler le fragile équilibre de mon être ?

Bien entendu, Lacan mentionnerait immédiatement le subconscient, un mot que Freud a fait entrer dans le langage courant. Le fait de me présenter au père Jean comme la maîtresse de Picasso m'a surprise, et m'a effrayée. Manifestement, il est encore l'ossature de ma vie, je m'oriente en fonction de lui aujourd'hui encore, alors que je croyais déjà avoir surmonté notre rupture. Je sens son Adora qui m'écrase, qui ne me laisse pas être juste Dora.

* * *

Récemment, après mon retour de Venise[15], j'ai annoncé à mes amis que je me retirais dans la solitude, et que je ne

15. Dora a passé quelques jours à Venise début mai 1958, avec James et Bernard. (Note de l'autrice.)

voulais pas qu'ils m'appellent, ni me rendent visite. Cette décision de m'isoler totalement, je l'ai prise à Venise. Moi-même, je ne savais pas pourquoi j'avais une telle envie de visiter cette ville. À l'instant même où je suis arrivée, j'ai compris que c'était parce que Venise est une ville d'eau. Et de masques.

Il m'a fallu quelques jours pour me détendre, pour arpenter seule les ruelles et me tenir sur l'un des ponts de pierre, absorbée dans la contemplation de l'eau trouble et verte du canal, comme une suicidaire qui hésite à sauter.

Durant mon séjour, alors que je me promenais du musée Peggy Guggenheim vers l'Université, dans la rue Ca'Macana, je me suis retrouvée devant la devanture discrète d'un vendeur de masques. Ces boutiques sont légion, avec leurs visages de papier mâché aux yeux vides qui ricanent en vitrine. Mais celle-ci était différente, c'était un vieil atelier. J'ai reconnu en vitrine les modèles habituels de masques de carnaval, comme la *bauta* et la *moretta butta, pantalon, colombina*, le *medico della peste*... Par la porte ouverte – on était en mai – j'ai vu le *mascheraio*, le fabriquant de masques, qui se tenait penché sur son établi, les ciseaux à la main. Il avait l'air sérieux et pensif. Comme si, en taillant les masques, il taillait la destinée elle-même, me suis-je dit, et je me suis figée, fascinée par cette scène symbolique.

Entrez, je vous en prie, a dit le *mascheraio* en remarquant que je m'étais arrêtée plus longtemps que les autres passants. Il s'était adressé à moi en italien, mais je pouvais le comprendre. Vous voulez en essayer un ? Tenez, essayez donc cette *moretta* en velours. Vous vous y connaissez en masques vénitiens ? Vous n'aurez pas manqué de remarquer qu'il n'y a pas de trou pour la bouche – la femme qui le porte est muette, car elle tient ce bouton entre ses dents. Vous pouvez voir ce masque sur le tableau de Pietro Longhi *Le Rhinocéros*, de 1751.

Par hasard, l'artisan avait mentionné le tableau que j'avais justement vu la veille avec James, au Museo del Settecento. Je m'étais arrêtée devant cette œuvre, pas seulement à cause des masques que portaient presque tous les personnages : les hommes au premier plan avaient des *bauta*, et la dame au second plan s'était coquettement couverte d'une *moretta* noire, aux fentes pour les yeux à peine discernables. Et moi, comme ces Vénitiens du dix-huitième siècle, j'avais été fascinée par le rhinocéros. Le guide nous avait expliqué qu'il s'appelait Clara, et qu'il avait vraiment existé. Il était arrivé sur un vaisseau néerlandais, dont le capitaine l'avait vendu à un homme qui faisait fortune en exhibant cet énorme animal jamais vu auparavant, comme au cirque. Un motif singulier, cette bête prisonnière maladroite et pathétique, opposée comme une ombre noire à la dame élégante dans le fond qui, dans ce type d'événements, ne montre pas son vrai visage. J'avais hoché la tête, je connais Longhi, lui avais-je dit, j'ai vu Clara et la dame à la *moretta*.

Le visage de l'artisan s'était illuminé. Vous avez un peu de temps ? Asseyez-vous ici. Maintenant, imaginez-vous que vous êtes une dame de cette époque, et que vous vous préparez pour le carnaval. Vous allez certainement essayer ces masques. Certes, il n'y en a que quelques-uns, mais la confection de chaque pièce est si différente que le choix n'est pas facile ! Car même s'il cache le visage, le masque affiche votre statut, et peut-être – comme parfois – qu'en réalité, il révèle votre visage véritable. Le masque donne un certain pouvoir, n'est-ce pas ? Ah, avec une *colombina*, vous avez l'air encore plus mystérieuse, chère madame ! Cet autre, le *volto*, fait légèrement cruel sur votre visage, et celui-ci, ce délicat masque doré de *dame* vous donne l'air froide. Même si, en vérité, il ne s'agit pas d'un masque de carnaval, essayez, je vous en prie, cette *colombina* de soie noire ornée de plumes et de dentelle que je viens de finir.

Il vous rendra encore plus séduisante, si c'était possible. Mais bien entendu, vous pouvez être tout ce que vous voulez, avait-il ajouté, comme un écho de ces lointains mots de Picasso à mon sujet : elle peut être tout ce qu'elle veut. Je dirais aujourd'hui que j'étais prête à être tout ce qu'il désirait que je sois, mais simplement parce que je croyais que c'était la seule manière de le garder.

Dans cet atelier, en essayant successivement tous les modèles de masques que m'apportait l'artisan, j'ai compris à un moment qu'en réalité, j'avais porté toute ma vie un seul et même masque, celui de l'Étrusque mystérieuse, la femme sans sourire. Nul ne sait ce qui se dissimule derrière ce masque, et pourquoi c'est celui-ci que j'ai choisi. Mes pas m'avaient-ils menée par hasard dans cette ruelle pour que je comprenne que je me cachais encore derrière lui ? Peut-être, me suis-je dit. Peut-être que ce n'est qu'à présent que je vois devant moi un tel éventail de choix que je peux m'avouer la vérité, que mon masque n'est pas un choix conscient, mais le produit de mon insécurité. Soudain, j'ai vu passer sous mes yeux une photo de moi aux cheveux courts, le visage presque enfantin, comme sur ce premier portrait de Picasso, l'un des premiers. Non, c'était un visage ouvert, à l'époque, je ne me cachais pas. Quand le masque s'était-il figé sur mon visage ? Quand avais-je ressenti le besoin de me protéger grâce à lui ? Le fait d'être exposée à des regards cruels qui me jugeaient avait-il contribué à mon retranchement derrière un masque ?

Je me tenais dans la pénombre de cette pièce avec un trésor qui s'était soudain trouvé devant moi, tandis que l'artisan apportait ses modèles préférés pour que je les essaye, les alignant sur l'établi. Les plus beaux masques se trouvaient dans les profondeurs de l'atelier, comme s'il les cachait des regards car ils étaient destinés à des clients choisis, des *cognoscenti.* Les plumes de paon, le velours, les dorures, la dentelle, les fausses pierres précieuses et les bordures de fourrure, les voiles et les châles, les longs manteaux et les chapeaux élégants et singuliers me coulaient entre les doigts tandis que je changeais de masque, chaque fois surprise quand apparaissait l'espace d'un instant dans la glace en face de moi mon vieux masque, déjà usé et fatigué. En essayant une *moretta*, je me suis dit que ces dernières années, je me sentais précisément comme si je portais un tel masque, de velours, avec des fentes pour les yeux mais pas pour la bouche. J'étais la femme derrière la *moretta muta*, qui n'avait pas le droit de parler et encore moins de crier, pas même de surprise en voyant un rhinocéros. Elle ne pouvait pas ouvrir la bouche, car pour garder son masque sur le visage, elle devait tenir le bouton entre ses dents.

J'étais la femme qui, pour pouvoir participer au carnaval, à la vie publique, avait renoncé à sa voix.

L'artisan a disparu un instant. Quand il est revenu, il portait un délicat masque de porcelaine blanche pour la moitié du visage, semblable à un chat aux oreilles noires. Ça, c'est quelque chose de spécial, c'est le masque qui correspond le mieux à votre personnalité. Nous autres Vénitiens, nous l'appelons *gnaga* ou *gatto*, a-t-il dit en nouant lui-même le ruban du masque qui, à cause de la finesse de sa confection ou de son âge, était manifestement précieux. Ses mains sentaient la colle. Pourquoi pensez-vous que c'est le chat qui me correspond, ai-je demandé ? L'homme maigre à lunettes et en tablier de cuir m'a considérée d'un air grave. Je peux vous dire quelque chose ? J'ai hoché la tête. Vous savez, beaucoup de gens passent par mon atelier (j'ai remarqué qu'il n'avait pas dit boutique), en général des touristes. Le plus souvent, ils achètent des masques comme souvenir typique de Venise, même si les miens ne sont pas donnés, car je suis l'un des rares à les faire encore moi-même à la main, des pièces uniques. Rares sont les acheteurs qui essaient les masques avec attention, en réfléchissant à celui qui leur convient le mieux. Ils veulent acheter le plus luxueux et le plus coloré, qui coupe le souffle et suscite l'admiration. Ils ne les accordent pas à leur caractère, ils n'essaient même pas ! Peut-être parce qu'ils se connaissent mal, et peut-être, qui sait, justement parce qu'ils veulent se cacher. Ils ne me demandent pas de conseils, et moi, je n'ai pas de temps à consacrer à leurs visages, mon travail, c'est la fabrication. Mais de fait, même s'il n'y a que quelques types de masques, ils ne vont pas tous à tout le monde. Par exemple, vous n'êtes pas une *colombina*, un joyeux personnage de la *commedia dell'arte*, et on peut se demander si vous seriez convaincante dans ce rôle. Mais ce masque, le *gnaga*, est particulier, parce que c'est un élément du costume que portent traditionnellement les hommes déguisés en femme, ou plutôt en chatte. Et quand ils se déguisent ainsi, ils se comportent comme des courtisanes, car cela fait partie de leur rôle.

Je suis restée silencieuse, ébahie par ses mots. L'artisan avait parlé comme s'il me connaissait, même si nous ne nous étions jamais rencontrés auparavant. Je l'ai regardé par les ouvertures pour les yeux, au travers du chat qui s'était parfaitement adapté à mon visage, comme s'il était soudé, comme s'il faisait partie de moi. La partie inférieure, visible du visage découvrait dans le miroir une peau d'une blancheur presque de porcelaine, une mâchoire affirmée, et des lèvres sans sourire. En les considérant, cette petite boutique et lui, l'artisan qui, en taillant les masques, déterminait la personnalité sous laquelle nous allions nous montrer, ne serait-ce que le court moment où nous le portions – je me suis demandé s'il voyait que mon vieux masque était devenu mon visage.

J'espère, madame, que mon choix ne vous insulte pas, a-t-il dit. La *gatta* vous va à la perfection, car je vois en vous de la sensualité, mais également un côté masculin. Et de l'orgueil, a-t-il ajouté après un bref instant d'hésitation. Puisque j'ai pris la liberté de vous le dire, je vous prie de me laisser vous l'offrir. Soit dit en passant, savez-vous que les Vénitiens avaient des règles très strictes sur le port du masque ? Ils n'avaient pas le droit de le porter à l'église. *Ma sua maschera è piu bella, proprio perche non è maschera.* Votre masque est le plus beau parce que ce n'en est pas un, a-t-il ajouté, comme s'il lisait dans mes pensées.

Je l'avoue, en cet instant, j'ai vraiment douté qu'il s'agisse d'un *mascheraio.* Il m'a semblé que c'était un médium, une personne qui apportait des réponses à mes questions non formulées. Ou était-ce moi qui trouvais des réponses dans ses mots ? Peu importe. L'artisan qui avait passé sa vie à fabriquer des masques avait deviné mon orgueil. Je pensais que c'était de la fierté. L'orgueil, bien entendu, c'est autre chose – l'orgueil est un péché mortel. À Venise, dans cet atelier de masques, dans la bouche de cet homme, ce mot sonnait comme un jugement. Tremblante, je lui ai rendu la superbe *gatta* et je me suis ruée dehors, en pleurs.

* * *

Ma foi est-elle vaine ? Mon repentir peut-il venir à bout de mon orgueil ? Ma première réaction avait été de me défendre : oui, j'ai été orgueilleuse. Je sais que les femmes de ce genre sont en général des perdantes, surtout si leur apparence suscite le désir. J'avais eu envie de dire à cet homme sur lequel j'étais tombée par hasard que je voulais aussi cet autre pouvoir, ce vrai pouvoir que me donnait mon art ! Je ne sais pas pourquoi je me suis acharnée à vouloir conserver ce pouvoir féminin quand j'ai vu que je le perdais. Et autre chose, savez-vous que seules les femmes sont mises dans la position de devoir choisir entre être femmes ou artistes ? Picasso, pas plus qu'aucun autre homme de mon entourage, n'a jamais été confronté à un tel dilemme. L'homme a le pouvoir, qu'il soit artiste ou non. Quand j'ai essayé de dissocier l'homme de l'artiste, croyant que, si seulement l'homme tombait amoureux de moi, tout irait bien – il s'est avéré que c'était une erreur, et que notre relation était impossible.

Par rapport à lui, j'étais mal assurée, faible et dépendante. Ce qui signifie que j'hésitais, que je doutais de moi, de chacun de mes choix. Photographe ou peintre ? Française ou Croate ? Argentine ou Étrusque ? Ou peut-être Juive, après tout ? Femme, mais avec des caractéristiques d'homme. Engagée politiquement, puis complètement indifférente à la politique. Athée ou croyante ? Soumise et hystérique. Intellectuelle ? Oui, mais aussi folle. Naïvement sincère, mais aussi menteuse, jalouse, une femme vaniteuse derrière un masque froid. Fière et orgueilleuse, mais aussi celle qui ne se bat pas, qui abandonne et se laisse aller à sa faiblesse. Une *femme fatale* qui devient la victime de sa propre passion, m'avait dit un jour Lacan. Pourquoi ai-je dû choisir ?

Frida Kahlo aussi était faible. Et tributaire de Diego à cause de sa maladie. Combien était-elle dépendante, alitée pendant des mois dans un corset de plâtre, puis boitant avec sa maigre jambe tuberculeuse, couverte de cicatrices, qui donnaient à son corps des airs de champ de bataille. Son corps n'était pas beau, sa peau n'était pas souple comme celle de sa sœur, avec qui son mari l'avait trompée. Elle souffrait de ne pas pouvoir avoir d'enfants. Mais jamais, pas un seul instant, elle n'avait cessé de peindre. Elle ne manquait pas d'assurance, elle savait exactement ce qu'elle voulait, et elle s'était battue pour. Elle ne voulait pas choisir.

L'artisan de masques vénitiens, tel une sorte d'habile psychologue, m'avait indiqué ma vraie nature : un orgueil issu de mon insécurité.

* * *

En rentrant de Venise, j'avais pris ma décision : à partir de maintenant, je vais me comporter autrement. Le seul remède au poids de mon orgueil sera un exercice d'abnégation. Car dans l'abandon à la foi, tout comme dans l'abandon à l'art, la personne doit se réduire à un instrument.

Exercice de base : être le moins souvent possible en société, fréquenter le moins de gens possible, et ainsi réduire à néant les occasions de se montrer devant un public. Je n'ai pas annoncé mon retrait à mes amis, pas parce que je ne voulais pas les voir. Je ne veux pas qu'ils me voient. La différence est de taille. En renonçant à leur compagnie, je ne donnerai plus à mon orgueil, qui est manifestement plus grand que ce que je pensais, la possibilité de s'afficher.

Il m'est difficile d'évaluer si mes amis et adorateurs d'hier encore s'étaient attendus à ça de ma part, car jusqu'alors, j'étais assez présente en société. Mais le fait est que les invitations se sont faites plus rares. Je dirais que certaines de mes connaissances ont été soulagées. Dora la folle leur tape sur les nerfs, elle est fatigante, car elle fait sa martyre, et son innocente en plus. Ils ne comprennent pas que je me sois retirée dans la foi, ils disent que c'était inattendu, mais ils se trompent. Ils appellent ça une folie religieuse, même si je m'efforce d'être mesurée en la matière et de ne pas m'imposer aux autres.

Comme il est facile de s'évanouir de ce monde ! Il ne s'est pas passé longtemps, peut-être un peu moins d'un an, et ils m'ont oubliée. Ils ne m'appellent plus, ni Balthus, ni Leymarie, pas même James. Parfois, je vois encore Marie-Laure de Noailles et Lise Deharme. Je me sens invisible. Mais n'est-ce pas précisément ce que j'ai voulu ? Oui, mais si j'étais restée avec Picasso, ils seraient tous encore en train de me courir après, peu importe ce que je raconte. Non seulement sa cour habituelle, Sabartés en tête, qui remplissait ses carnets de notes sur le moindre mot de Picasso, sur le plus insignifiant de ses dessins, avec plus de passion et d'amour qu'une femme amoureuse ou une mère, mais aussi ceux qui renoncent aujourd'hui si facilement à moi, mes anciens amis qui m'adoraient tandis que j'étais avec le génie... Ah, ils se comportent tous comme une meute de chiens affamés, qui le suivent à la trace comme un bon morceau de viande saignante. Car là où est Picasso, il y aura quelque chose pour eux, une miette de gloire, un dessin de sa table... Telles des mouches qui se nourrissent de sa chair vivante, et cela ne le gêne pas, tant qu'ils sont autour de lui à l'admirer, tant qu'il est au centre de leur attention. Quel comportement répugnant et comme ils étaient rares, ceux qui refusaient de s'écraser devant lui. Je les méprisais, cette horde de chasseurs de têtes humaines, cette meute de hyènes, ces hypocrites et ces flagorneurs. À présent, j'étais pour eux un os rongé sur lequel il ne restait pas le moindre morceau de chair. Abandonnée par Picasso, seule. La gardienne du trésor. Je ne vends que les dessins de moindre valeur, quand j'ai vraiment besoin d'argent. Et les portraits de moi que je trouve laids, consciente que cela aussi est un reflet de ma vanité.

Parfois, je suis envahie d'une tristesse infinie, et je ne trouve pas de moyen de me calmer, à part peut-être à l'aide de ces notes. Même les prières ne me soulagent pas et cela me torture. Cela signifie-t-il que je ne crois pas suffisamment, que ma foi aussi est une sorte de mirage ? Aujourd'hui encore, alors que je me consacre à la religion, ne suis-je donc rien d'autre qu'une apparition à laquelle les autres donnent son contenu ? Encore et toujours ?

* * *

De ma vie passée me restent mes déjeuners avec mon père. Il travaille à présent pour une agence de tourisme yougoslave, et cela l'occupe beaucoup. Je le vois une fois par semaine, en général le dimanche, au restaurant de l'hôtel *Lutetia*. Je sais déjà à l'avance que son comportement va m'énerver. Nous entrons dans la salle, où nous salue notre vieux serveur moustachu aux cheveux gris et gominés, Henri. Mon père sourit poliment et hoche la tête, il lui fait savoir qu'il le reconnaît, même si, dès que nous aurons mangé, il va s'agacer contre lui. Il criera que la nourriture n'est pas fraîche et le vin mauvais, que la nappe est pleine de taches et les chaises inconfortables, que leur cuisine ne mérite même pas ce nom, et qu'il prévienne le cuisinier que c'est la dernière fois qu'il lui sert son potage tiède ! Ce à quoi Henri se contentera de hocher la tête et de répondre, calmez-vous, monsieur Markovitch, je vais de ce pas vous apporter un verre d'un excellent vin blanc pour que vous le goûtiez, vous savez bien à quel point j'ai votre avis en estime. Ne vous mettez pas dans ces états-là, pour l'amour de Dieu, vous pourriez vous trouver mal ! Ce qui mettra mon père encore plus en colère, car il est convaincu d'être en bonne santé et que lui, un Markovitch, n'attrape pas de vulgaires maladies.

Plus il vieillit, plus mon père est exigeant. Je ne demande que du respect en échange de mon argent, me dit-il pour se justifier. Mais en réalité, la nourriture est toujours aussi bonne, il n'y a que son humeur qui change. Il est insatisfait, seul. Sa fille Dorica est seule elle aussi, ce qui l'inquiète bien davantage. Mon petit papa, je ne suis plus si jeune, je m'en sors. Je vais bien. Je sais, Dorica, mais s'il n'y avait pas eu cet homme auquel tu t'es attachée, tu aurais pu voyager, tu aurais pu faire carrière, tu comprends ? Tu as payé un prix trop grand pour être avec Picasso pendant ces quelques années, pour être à présent la gardienne de son musée – un musée de fantômes, étant donné que tu ne laisses personne entrer chez toi ! Si au moins tu vendais ses tableaux ! Pour voyager, voir le monde, profiter ! Et qu'est-ce que tu fais ? Tu fais la grenouille de bénitier comme la pauvre Julie, mais ce n'est pas pour ça que tu as étudié. Contrairement à elle, tu es douée. Même si tu as fait tes preuves, tu n'en as pas fait grand-chose, de ce talent, ma chérie. Tu ne m'as pas écouté, tu n'as pas écouté ton père parce qu'il est vieux et bête, mais cet autre vieux – eh, lui, tu l'as écouté. Pourquoi ? Parce que tu étais amoureuse, me dis-tu ? Pas seulement. Il est quelqu'un, presque un dieu. Et il est toujours quelqu'un, sauf que maintenant, il en rend folle une autre, encore plus jeune que toi… Ma pauvre petite Dorica.

Et ainsi, par ces mots, quand nous ne parlons pas de politique où de l'Argentine, à laquelle il s'intéresse encore, mon père, le dimanche, me remet à ma place. Il me dit que, même si je suis belle et talentueuse, je ne me suis pas beaucoup écartée du destin de ma mère, la femme au foyer Julie Voisin, qui aimait autrefois confectionner des chapeaux et avait un don pour ça, mais pas la force de se battre pour se faire une place. Je balaie ses mots du revers de la main. Je m'efforce de ne pas l'écouter. À la douleur que je ressens quelques fois, je sais qu'il remue le couteau dans une plaie encore ouverte.

* * *

Je m'habille exprès avec modestie, dans des robes grises et informes. Je vois mes cheveux grisonner de plus en plus, mais il ne me vient pas à l'esprit de les teindre. Je m'enroule dans un châle et, le matin, je me rends à l'église du quartier. Je préfère éviter les voisins, ce pourquoi je sors tôt, je disparais au coin de la rue et en un clin d'œil, je suis à l'église, sous les hautes voûtes de pierre, sur l'agenouilloir, dans une prière contrite. Je ne suis pas bonne sœur, mais j'aimerais l'être. Sous le couvert du voile, je me sentirais plus à l'abri du monde. L'église a remplacé l'atelier de la rue des Grands-Augustins, quant à Picasso, qui reste l'étalon de mon essor et de ma chute, j'essaie encore obstinément de le remplacer par Dieu.

Je passe les longs mois d'été dans ma ruine de Ménerbes. Car comment décrire autrement cette maison aux pièces vides, traversée par les courants d'air, dont le toit fuit par endroits, et où dans ma chambre, il n'y a qu'un lit, une table et une chaise ? C'est intentionnellement que je la laisse ainsi misérable, comme si je n'avais jamais assez de dénuement, de privation, d'inconfort et de souffrance physique. Je me punis, même si je sais que je n'arriverai à rien de cette manière. Ainsi, au moins, je sais que je suis encore en vie. D'une manière étrange, je me sens même bien dans cette demeure vide, consciente que c'est moi qui ai créé le désert autour de moi. Mais dans cette maison, au moins, il n'y a pas de rideaux blancs. Je hais les rideaux blancs.

Au petit matin, je roule une toile, je range mes pinceaux dans un sac, je m'assois sur ma vieille mobylette et je pars peindre dans les champs. J'aime la lumière tendre et la fraicheur du matin. Je mène une vie simple : je mange du pain et du fromage, des tomates du jardin, des œufs, des olives et ce que ma femme de ménage m'apporte de l'épicerie du bourg. Je somnole. Je lis. Je prends des notes. Je prie, souvent. Je dors. Cependant, il y a encore des choses qui me tiennent à cœur. Quand je suis à Ménerbes, je ne vais pas me coucher avant d'avoir accompli un petit rituel consacré à Picasso. Au crépuscule, assise sur la terrasse après le dîner, je sers deux verres de vin, du *Cabernet de la Citadelle.* Je sirote le mien, tout en levant l'autre vers l'ouest, et je contemple le soleil couleur rubis se fondre lentement dans le liquide écarlate. Je bois à la santé de Picasso, le génie de la peinture et l'homme insupportable qui a scellé mon destin. Je trinque avec son verre. Le son me rappelle un masque de porcelaine qui tombe au sol et se brise en un millier de petits morceaux. Avant de quitter la terrasse, je verse le vin de l'autre verre dans la terre, en guise d'offrande pour son âme. Qui sait s'il lui arrive de se rappeler de moi ?

Parfois, avant de rentrer dans la maison, je lève les yeux vers le ciel noir et infini et je m'adresse à Dieu : mon cher Dieu, je te trompe encore avec Picasso ! Malgré tout, je suis restée une *francesa.*

POST-SCRIPTUM (MÉNERBES, AVRIL 1973)[16]

Aujourd'hui, Picasso est mort à Mougins. La radio a annoncé la nouvelle cet après-midi, interrompant une émission de musique classique, un récital de piano, je crois. J'étais debout près de la cuisinière, la théière à la main, en train de verser du thé brûlant dans ma tasse.

Pendant des années, je me suis imaginé cet instant. Précisément, comme si j'écrivais un scénario de film. J'allumerai la radio, et une voix d'homme solennelle annoncera la nouvelle de sa mort. Ou, en revenant de ma prière matinale à l'église du bourg, j'achèterai le journal,

---

16. Le Post-scriptum est daté, ce qui en fait le seul passage daté de ce manuscrit. Les phrases précédentes de Dora donnent l'impression qu'elle avait l'intention de conclure là ses notes, mais le jour de la mort de Picasso était manifestement d'une grande importance, si bien qu'elle a inscrit la date et consigné ses pensées. (Note de l'autrice.)

et je tomberai sur son portrait en première page : mes mains se mettront à trembler, et le journal tombera sur le trottoir sale. Ou le téléphone sonnera, et la voix d'une connaissance à l'autre bout du fil, peut-être en pleurs, annoncera : Dora, c'est fini ! Je sentirai qu'avec l'annonce de son décès, une partie de moi est morte aussi. J'imaginais aussi ma réaction, je pourrais presque dire que je l'ai répétée : le souffle court, je chercherai un appui, je m'écrierai : Non, non ! et je m'effondrerai sans force sur une chaise dans la pièce vide. Dans tous les cas, j'avais dramatisé cet événement, car comment aurais-je pu imaginer ma réaction à la nouvelle du départ de Picasso autrement que dans le registre dramatique ? Exactement comme ma vie avec lui.

Mais rien de tout cela n'est arrivé ! J'ai écouté la nouvelle, prononcée avec la voix d'usage et selon les formules d'usage que l'on emploie quand nous quitte quelqu'un d'important : « Picasso, le géant de l'art du vingtième siècle, est décédé aujourd'hui à l'âge de quatre-vingt-onze ans... », tenant des deux mains ma tasse chaude de thé odorant, comme si mes doigts étaient soudain transis et que je devais les réchauffer. Puis, j'ai précautionneusement posé la tasse sur le rebord de la fenêtre. Et merde, ai-je pensé avec colère, ils auraient pu nous pondre un meilleur texte, c'est bien trop banal ! Dehors, sur l'arbre du jardin, le trompeur soleil d'avril bernait de minuscules petites feuilles vertes. J'ai bu une gorgée. Le thé était parfaitement à mon goût. Picasso, si je lui en avais proposé, m'aurait répondu qu'il ne buvait du thé que quand il était malade, et cela m'aurait arraché un sourire. J'étais surprise : Picasso était mort, et le soleil continuait à briller, je buvais du thé comme chaque jour à cette heure-là. Car la mort est banale, même la sienne.

Je n'ai pas envie de pleurer.

Pas la moindre petite larme.

Et voilà, tu es mort, et je n'ai pas de quoi te pleurer. Tu m'as volé toutes mes larmes pour les répandre sur tes portraits. Ou peut-être qu'il est trop tard pour les grandes effusions, trente ans après notre séparation. Mon chéri, ce n'est qu'aujourd'hui que je comprends que tu es mort pour moi ce jour-là où je suis restée alitée à l'hôpital seule, abandonnée, au bord du gouffre. Une seule étreinte de toi, une caresse de ta main m'aurait sauvée. À la place, j'ai reçu des électrochocs. Ce sentiment d'abandon m'a dévastée à jamais. Pourtant, j'ai continué à vivre, pas à tes côtés, mais toujours par rapport à toi. Ce pourquoi ta mort, comme auparavant ton absence, ne va rien changer à notre relation.

Je me demande si tu savais que tu étais en train de mourir ? Je pense que non. Les gens comme toi se croient immortels. Ils partent sans savoir qu'ils partent, la pensée de leur propre mort les insulte. Peut-être parce que tu sentais la pression de ses doigts de glace pendant tout le temps où tu créais, et qu'alors seulement, tu avais le sentiment de réussir à lui échapper.

Tu nous as quittés. Si on m'avait dit que ce jour serait si ordinaire, qu'en apprenant la nouvelle, je serais debout à côté de la fenêtre, et que rien, absolument rien dans mon environnement ne changerait, je me serais mise en rage. Aujourd'hui, je ne ressens rien d'autre qu'une douce mélancolie. Je suis fatiguée. Je suis devenue une petite vieille indifférente. Mieux vaut que tu ne m'aies pas vue ainsi, voûtée et grisonnante, avare envers moi-même et envers les autres. Tu ne m'aurais pas reconnue. Et mieux vaut que je ne t'aie pas vu, en vieux tyran égoïste de plus en plus semblable à un enfant capricieux. Qui appelle sa femme de quarante-six ans sa cadette « Maman » ?!

Adieu, dis-je à la colombe qui vient de s'envoler devant ma fenêtre. L'espace d'un instant, j'imagine que c'est ta colombe de la paix, et que c'est ta manière de me saluer.

PEFC
10-31-3068

Certifié PEFC

Ce produit est issu de forêts gérées durablement et de sources contrôlées.

pefc-france.org

Cet ouvrage est composé de matériaux issus de forêts gérées durablement certifiées PEFC™.
Le Programme de reconnaissance des certifications forestières (PEFC™) est le plus grand organisme mondial indépendant de contrôle pour une gestion durable des forêts.
Pour en savoir plus, consultez le site www.pefc-france.org

Achevé d'imprimer en février 2021
par CPI Bussière
À Saint-Amand-Montrond (18)
Dépôt légal : février 2021
N° d'impression : 2054774
Imprimé en France